Comment sauver la vie de son meilleur ami

Ceci est le neuvième volume des mémoires de Harold,
après les célèbres *Comment dresser votre dragon*,
Comment devenir un pirate, *Comment parler le dragonais*,
Comment dompter une brute complètement givrée,
Comment faire bouillir un dragon,
Comment briser le cœur d'un dragon,
Comment dérober l'épée d'un dragon,
et l'incroyable *Guide des dragons tueurs*.

Harold et Krokmou

Au temps de sa splendeur, Harold Horrib'
Haddock, troisième du nom, maniait l'épée comme
personne et chuchotait à l'oreille des dragons. Il
fut, de l'avis général, le plus grand chef viking qui
ait jamais régné. Mais ses mémoires retracent son
enfance, une époque moins glorieuse où il n'était
encore qu'un petit garçon ordinaire dépourvu de
toute prédisposition pour l'héroïsme.

Il n'est pas indispensable de lire les mémoires
de Harold dans l'ordre chronologique, mais si
c'est ton intention, cher lecteur, voici comment
s'enchaînent ses aventures :

À PROPOS DE HAROLD

Harold Horrib' Haddock, troisième du nom, escrimeur de génie, celui qui murmurait à l'oreille des dragons, est le plus grand héros viking que le monde ait connu. Mais ses mémoires retracent son enfance, l'époque où il n'était qu'un petit garçon ordinaire qui s'efforçait tant bien que mal de devenir un héros.

Ce livre est dédié à Xanny Cowell

www.casterman.com
Publié par Hodder Children's Books, Londres, sous le titre original :
How to seize a dragon's jewel
© Cressida Cowell 2012 pour le texte et les dessins
© Casterman 2013 pour la traduction en langue française

Lettrages : Katty Hautem

ISBN : 978-2-203-07157-5
N° d'édition : L.10EJDN001250.N001
© Casterman 2013
Achevé d'imprimer en mai 2013.
Dépôt légal : juin 2013 ; D.2013/0053/303
Déposé au ministère de la Justice, Paris (loi n°49.956 du 16 juillet 1949 sur
les publications destinées à la jeunesse).

MERCi
à Ann Mc Neil, Naomi Pottesman,
Jennifer Stephenson, Judit Komar et,
surtout, à Simon Cowell.

Comment sauver la vie de son meilleur ami

par

Harold Horrib'
Haddock III

traduit du vieux norrois
par Cressida Cowell

traduit de l'anglais par Antoine Pinchot

casterman

Le super méchant
ALVIN
le Sournois
(désormais
aspirant au
trône de l'Ouest
sauvage)

La
méchante Sorcière
Burgondofore
(la mère
d'Alvin)

VOLE-AU-VENT
(le dragon de
haut vol de Harold)

Harold Horrib' Haddock,
troisième du nom

SOMMAIRE

Prologue, par Harold Horrib'Haddock, troisième du nom

Cher lecteur, ceci N'EST PAS le dernier volume de mes mémoires, mais il concerne des événements si sombres et si douloureux qu'il m'est difficile de les coucher sur le parchemin.

Je dois faire appel à tout mon courage pour ressusciter l'année de mes treize ans, ces jours maudits où je vivais en paria, condamné à l'exil et à la solitude.

Pour être tout à fait honnête, je l'avais bien cherché. Moi, Harold Horrib'Haddock, troisième du nom, héritier de la tribu des Hooligans hirsutes, je m'étais mis en tête d'affranchir les dragons domestiques que nous autres, Vikings, tenions en esclavage depuis l'aube des temps.

Mais tout était allé de travers. J'avais libéré le dragon Furax et découvert, mais un peu tard, qu'il vouait à l'humanité une haine mortelle.

La Rage rouge s'était emparée des reptiles de l'Archipel, puis la Grande Guerre opposant Vikings et dragons avait éclaté.

Le dragon Furax, qui commandait les forces

rebelles, s'était fixé un objectif ambitieux : l'extinction du genre humain, rien de moins. Et son armée volait de victoire en victoire.

Cependant, le peuple viking nourrissait un dernier espoir. Il attendait la venue d'un nouveau Roi de l'Ouest sauvage. Un souverain qui, conformément à une antique prophétie, posséderait les dix reliques perdues du légendaire Barbe-Sale le Grave.

Seule la Pierre-Dragon, la plus puissante de toutes, restait introuvable. Celui qui posséderait cet objet magique pourrait éradiquer les dragons de la surface de la Terre. En toute logique, il inspirait à Furax une sainte terreur.

Mais les tribus de l'Archipel vivaient désormais sous la coupe d'un chef cruel et corrompu, Alvin le Sournois, dont les actes étaient guidés par une mère plus corrompue et plus cruelle encore, Burgondofore la Sorcière.

Alvin le Sournois s'était accaparé huit reliques royales.

Moi, Harold l'Exilé, n'en possédait qu'une : Krokmou, mon petit dragon de chasse. Toutefois, j'avais mis la main sur la carte de mon ancêtre Barbe-Sale le Grave indiquant l'emplacement de la Pierre-Dragon.

Déclaré « Ennemi public numéro un », j'avais à mes trousses dragons et humains. Mes congénères m'avaient condamné à la pendaison pour haute trahison. Ma bobine était placardée à des centaines d'arbres calcinés dans les endroits les plus reculés de l'Archipel barbare.

À l'âge de treize ans, je me retrouvais livré à moi-même, avec pour seule compagnie trois dragons que la Rage rouge avait épargnés : mon cher Krokmou, un antique reptile nommé La Denture, et Vole-au-vent, ma fidèle monture.

Ma tribu avait dû fuir sa chère petite île de Beurk prise d'assaut par la Rébellion.

Sur décision d'Alvin et de Burgondofore, mon père Stoïk, chef déchu de la tribu des Hooligans hirsutes, et mon meilleur ami Findus avaient été réduits en esclavage.

Comprends-tu à présent, cher lecteur, pourquoi j'ai tant de mal à évoquer ces sombres souvenirs ?

Chose étrange, au mépris des évidences, je nourrissais encore quelque espoir que la situation finirait par se retourner en ma faveur, et que la paix et la joie régneraient à nouveau sur l'Archipel.

Ah ! Comme j'étais innocent, dans ma folle jeunesse…

RECHERCHÉ

MORT OU VIF
Harold Horrib' Haddock III
L'EXILÉ

Tirez à vue.

(En revanche, son dragon de chasse doit
être capturé vivant. L'avenir du
Royaume en dépend.)

Alvin le Sournois

Burgondofore la Sorcière

La Prophétie des reliques perdues de l'Ouest sauvage
Par Barbe-Sale le Grave

Un jour, car c'est écrit, viendront de grands dragons.
Sombre fléau que seul un roi pourra chasser.
Brave parmi les braves et champion des champions.
Aux attributs royaux, vous le reconnaîtrez :

À un dragon dépourvu de dents,
À mon Bouclier romain,
à mon Bidule-qui-fait-tic-tac,
À ma Flèche-venue-du-pays-qui-n'existe-pas,
À ma Clé-qui-ouvre-toutes-les-portes,
au Cœur de pierre,
À mon épée préférée,
à ma Couronne, à mon Trône.

Et pour finir, cerise sur le gâteau,
À la Pierre-Dragon qui sauvera le peuple viking.

1. Le Guerrier silencieux

Une nuit d'hiver, au cœur de la Forêt perdue, un guerrier était perché au sommet d'un arbre, parfaitement immobile, tel un ange de la mort.

Depuis des jours, il suivait la piste de l'Exilé. Comme tous les Vikings, il le tenait pour un scélérat, un traître et un ennemi de l'Ouest sauvage. Il n'entendait pas faire de quartier.

Il avait rabattu la visière de son casque et tiré son épée de son fourreau. Tête baissée, il ne quittait pas du regard l'étroit sentier enneigé qui serpentait entre les sapins.

Compte tenu des événements dramatiques qui frappaient l'Archipel, les Vikings avaient reçu l'interdiction formelle de chevaucher des reptiles volants, si bien qu'ils se retrouvaient cloués au sol.

Pourtant, ce guerrier était assis sur le dos d'un dragon. L'animal était paresseusement étendu sur une des branches les plus hautes. C'était une superbe créature, un spécimen très, très rare et très, très dangereux dont la robe aux reflets argentés se fondait dans l'environnement.

Lui aussi surveillait le chemin enneigé. Il remuait l'extrémité de sa queue avec lenteur et régularité, à la manière d'un félin.

Soudain, un son se fit entendre. Le guerrier, qui s'était brièvement assoupi, souleva les paupières.

Au loin, un humain arpentait le sentier.

C'était « l'Exilé », l'ennemi, la proie qu'il avait juré d'occire.

Le tueur lâcha un grognement satisfait puis se redressa imperceptiblement.

S'il avait pu étudier ce garçon en détail – ce qui était impossible, compte tenu de la distance qui l'en séparait –, il aurait pu constater qu'il n'avait guère l'apparence d'un héros. Pourtant, deux heures plus tôt, il avait délivré une poignée de dragons au nez et à la barbe de fiers guerriers vizigros.

Ce garçon se nommait Harold Horrib'Haddock, troisième du nom. Âgé de treize ans, il était maigre comme un clou. Son visage était ordinaire, pourvu qu'on ignore le symbole en forme de S qui ornait sa tempe droite, ce stigmate que les Vikings appelaient « Marque des esclaves ».

Harold errait depuis des mois, trouvant refuge dans des cavernes, se nourrissant de baies, de noix et de restes récupérés au cours de raids nocturnes dans des campements vikings.

Chaque jour, il avait risqué sa vie en désamorçant les pièges posés par les villageois afin de capturer les reptiles qui leur avaient déclaré la guerre. Cette vie de paria condamné à fuir la compagnie des hommes et des dragons l'avait littéralement lessivé.

Il se traînait sur le chemin, sans chercher à faire illusion.

Il avait peur.

Il était seul.

Il portait une tenue ignifugée en peau de dragon constellée d'accrocs. Il était sale et maculé de boue. Sa stature raide et les tics qui secouaient ses paupières trahissaient son état d'anxiété.

Il avait un œil au beurre noir. Il boitait bas, tout comme le dragon de haut vol qui trottait à ses côtés. Harold l'avait chevauché sans relâche au cours de ces mois d'errance. Épuisé, ce Vole-au-vent parvenait à peine à mettre une patte devant l'autre. Des nuages de vapeur s'échappaient paresseusement de ses naseaux.

Deux autres reptiles de petite taille voletaient autour de la tête de notre jeune héros. L'un, La Denture de Baldur, était une créature très ancienne et très fripée. L'autre, Krokmou, était

Ta quête est des plus simples.

un jeune dragon de jardin d'un vert éclatant, sans doute le plus agité et le plus indiscipliné de tout l'Archipel barbare.

Les deux animaux chuchotaient en dragonais.

— Je le dis et je le répète, Harold, chevrota La Denture. Ta quête est des plus simples. Il te suffit de trouver la Pierre-Dragon, de gagner l'île d'À-Demain et de t'y faire couronner Roi de l'Ouest sauvage. Alors, ses habitants te révéleront le secret de la relique et tu pourras mettre un terme à cette guerre idiote. Ainsi, tu sauveras humains et dragons de l'extinction.

— Eh, avez-vous v-v-vu, tout à l'heure, couina Krokmou, comme j'ai éc-c-crasé ce Vizigros ? N'était-ce pas brillant ? N'était-ce pas m-m-merveilleux ?

Avez-vous vu comme j'ai écrasé ce Vizigros ?

— Si, si, absolument merveilleux, répondit Harold, mais j'aimerais que tu baisses d'un ton, si ça ne te fait rien. Les dragons de la forêt sont en pleine hibernation. Mieux vaut ne pas les déranger.

Il se gratta machinalement la nuque et poussa un profond soupir. Les siens lui manquaient douloureusement. Depuis qu'il avait été contraint à l'exil, il vivait dans la plus extrême solitude.

— Les choses ne sont pas aussi simples, La Denture, poursuivit-il. Comment le peuple pourrait-il accepter que je monte sur le trône, moi, un esclave doublé d'un exilé ? Pour le moment, je n'ai que vous trois pour partisans. C'est vous dire si je suis loin du compte. Et je te rappelle qu'il me faudrait posséder toutes les reliques perdues. Or, Alvin détient huit d'entre elles.

— Mais tu m'as, moi ! glapit Krokmou en se posant sur l'épaule de son maître. Je suis l'une des reliques, et la plus précieuse !

— Assez de vantardises, mon petit, marmonna gentiment le Vole-au-vent. Tu avais promis de surveiller tes manières, d'être plus poli.

— Oui, j'oubliais, soupira Krokmou. Voyons voir... Je suis la relique la plus précieuse... s'il vous plaît ?

— La carte indique que la Pierre-Dragon se trouve dans les Champs d'ambre, dit La Denture de Baldur. Que diable fichons-nous ici ?

— Quelque chose me dit que cette carte se trompe, répondit Harold.

— La vérité, c'est que tu n'es pas pleinement investi dans ta quête, annonça solennellement le vieux dragon. Pour le moment, tu ne songes qu'à retrouver ton père et ton ami Findus. Admets-le, c'est pour cela que nous nous trouvons en ces lieux.

La Denture voyait juste. Des rumeurs affirmaient que les membres de la tribu de Harold, les Hooligans hirsutes, s'étaient réfugiés dans la forêt lorsque leur chère île de Beurk avait été incendiée par l'armée des dragons rebelles.

— Très bien, lâcha Harold. J'admets que je m'inquiète pour Findus. Je me demande ce qu'il peut bien devenir sans moi.

Précisons que Findus était un avorton que l'océan avait déposé sur la grand-plage de l'île de Beurk treize ans plus tôt. En conséquence, il n'avait pas de parents. Harold avait toujours veillé sur lui et fait tout son possible pour empêcher les autres Hooligans d'en faire leur souffre-douleur.

— Ces préoccupations te détournent de ta véritable quête, grogna La Denture. Tu dois impérativement mettre la main sur cette fichue Pierre-Dragon.

Carte décrivant l'emplacement du joyau
perdu de **BARBE-SALE LE GRAVE**

Un jour, car c'est écrit, viendront
de grands dragons.
Sombre fléau que seul un roi pourra chasser.
Brave parmi les braves et champion des champions.
Aux attributs royaux, vous le reconnaîtrez :

À un dragon dépourvu de dents,
À mon Bouclier romain, à mon
Bidule-qui-fait-tic-tac,
À ma Flèche-venue-du-pays-qui-n'existe-pas,
À ma Clé-qui-ouvre-toutes-les-portes, au
Cœur de pierre,
À mon épée préférée, à ma Couronne, à mon Trône.

Et pour finir, cerise sur le gâteau,
À la Pierre-Dragon qui
sauvera le peuple viking.

Englouterre

Hysterie

Île des
bouchers
bourrus du Bayou

LA PIERRE-DRAGON
se trouvà ICI dans
le labyrinthe de miroirs
des CHAMPS
D'AMBRE

Prison du Coeur noir

BAÏE DU CIMETIÈRE DES DRAGONS

— Je reste convaincu que cette relique ne se trouve pas dans les Champs d'ambre, contrairement à ce que suggère cette carte, répliqua Harold.

Par quelque caprice du destin, la petite troupe, à bout de souffle, fit halte pile sous l'arbre où le guerrier était embusqué. Harold sortit la carte de son gilet. Sur ce document surchargé figuraient les Champs d'ambre, la terrible prison du Cœur noir, un labyrinthe de miroirs, et en plein centre, la Pierre-Dragon, indiquée par une grosse flèche et des lettres capitales.

Penchés au-dessus de l'épaule de Harold, les trois dragons étudiaient la carte, tout comme le guerrier et sa monture cachés dans la ramure.

— Regardez ce poisson, dit notre jeune héros en désignant le dessin qui occupait la partie supérieure de la feuille. Ça ne vous dit rien?

C'est un hareng, ça crève les yeux.

Ses compagnons qui, en temps normaux, passaient le plus clair de leur temps à pêcher, en savaient long sur la faune aquatique.

— C'est un hareng, ça crève les yeux, répondit Krokmou.

— Exact, sourit Harold. Mais chez nous, les humains, un poisson signale une blague, un canular. Je parie que ce plan a été tracé un premier avril... Selon ses biographes, Barbe-Sale le Grave n'était pas seulement un chef viking assoiffé de sang, mais aussi un petit plaisantin. Je suis convaincu qu'il a fait figurer ce poisson pour signaler que la relique ne se trouve pas dans les Champs d'ambre. Qu'en dis-tu, La Denture ?

Compte tenu de son âge canonique, seul l'antique dragon avait eu l'occasion de rencontrer Barbe-Sale le Grave en chair et en os, plus d'un siècle plus tôt. Il plissa les yeux et tâcha de se remémorer le terrible souverain barbare. À bien y réfléchir, c'était bel et bien l'individu le plus rusé, le plus retors, en un mot le plus méchamment facétieux que le monde ait connu, exception faite de ce farceur patenté de Wotan.

— Mmmh... marmonna La Denture. J'admets que Barbe-Sale aurait pu nous jouer un tel tour. À bien y réfléchir, il me semble hautement improbable qu'un labyrinthe de miroirs ait été bâti au cœur de la prison du Cœur noir.

Le vieux dragon observa une pause, haussa un sourcil puis ajouta :

— Il pourrait aussi s'agir d'un double coup de bluff...

— Mais si la Pierre ne se trouve pas dans les Champs d'ambre, intervint le Vole-au-vent, où la dénicherons-nous ?

— Vaste question, soupira Harold. Elle pourrait être absolument n'importe où.

DANGER !!!

DANGER !!!

À cet instant, le guerrier et sa monture se penchèrent légèrement en avant pour observer la carte. La branche qui les soutenait émit un discret craquement.

Ce son sema la panique parmi les membres de la petite troupe.

La Denture fit un bond d'un mètre. Ses vieilles oreilles toutes fripées se dressèrent à la verticale, virèrent au rouge brique, puis pointèrent successivement aux quatre points cardinaux.

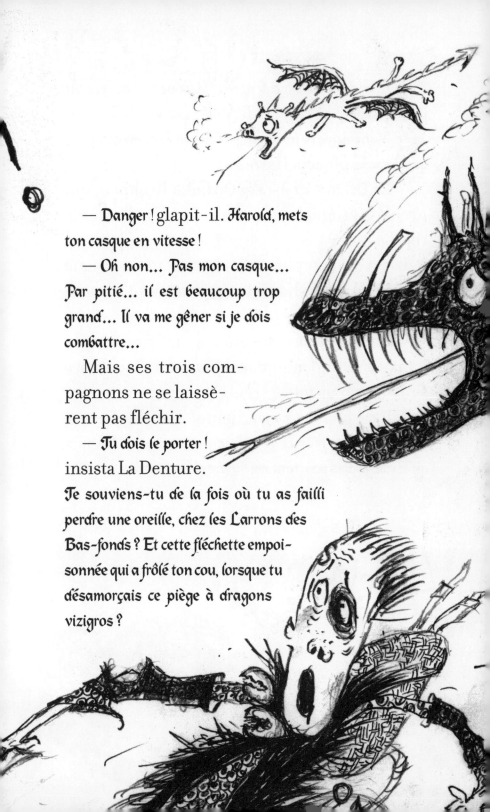

— Danger ! glapit-il. Harold, mets ton casque en vitesse !

— Oh non... Pas mon casque... Par pitié... il est beaucoup trop grand... Il va me gêner si je dois combattre...

Mais ses trois compagnons ne se laissèrent pas fléchir.

— Tu dois le porter ! insista La Denture. Te souviens-tu de la fois où tu as failli perdre une oreille, chez les Larrons des Bas-fonds ? Et cette fléchette empoisonnée qui a frôlé ton cou, lorsque tu désamorçais ce piège à dragons vizigros ?

— Et ce déplorable incident avec les coupeurs de tête sur l'île de Nulle-Part ? ajouta le Vole-au-vent.

— Mon casque ne les aurait pas empêchés de me décapiter, que je sache, objecta Harold.

— La Denture a r-r-raison, brailla Krokmou qui prenait systématiquement le parti de l'antique reptile.

Les trois complices s'emparèrent du casque attaché au sac de Harold et le posèrent d'autorité sur son crâne.

C'était une grossière pièce d'uniforme chipée dans un campement mochetrogoth quelques semaines plus tôt.

— Il me gêne tellement... gémit Harold. Et cette espèce de gros plumet ne passe pas inaperçu. En tant qu'Exilé, je dois pourtant me fondre dans le décor...

Harold, mets ton casque en vitesse !

— Chut... siffla La Denture en posant une griffe sur ses lèvres. Pas si fort ! J'ai le sentiment fort désagréable que Furax a envoyé un dragon d'une espèce très particulière pour t'assassiner, et que cette créature se trouve dans les parages...

— Tu as toujours des sentiments fort désagréables, répliqua Harold. Mais je n'entends plus rien. Vous avez cédé à la panique pour un minuscule craquement de branche.

— C'est que ce dragon est extrêmement discret, presque indétectable. Et son flair n'a pas d'égal.

Les quatre compagnons tendirent l'oreille.

boing
boing
boing

Par pitié, il est beaucoup trop grand...

Rien.

— C'était sans doute une fausse alerte, chuchota Harold.

Au sommet de l'arbre, le guerrier et sa monture observaient une immobilité absolue. La forêt tout entière retenait son souffle.

Puis, ...

RROOOAOOWW!

... poussant un hurlement digne d'un babouin enragé, le guerrier se laissa tomber de l'arbre, emportant dans sa chute branchages et paquets de neige. C'était l'image même de la vengeance en action.

Si Harold et le Vole-au-vent n'avaient pas vécu dans un état de tension permanente depuis plusieurs mois, ils n'auraient sans doute pas bondi en arrière aussi prestement et auraient été taillés en rondelles.

La pointe d'une épée frôla le nez de notre héros, puis une flèche siffla au-dessus de son crâne avant de se planter dans un tronc d'arbre tout proche.

CLANG ! Tandis qu'il reculait, sa visière se referma brutalement.

BONG ! BONG ! BONG ! Trois flèches rebondirent sur le casque honni.

« Oh-oh, pensa Harold, cette personne a manifestement l'intention de me tuer. »

Il enfourcha le Vole-au-vent, qui prit son envol et se mit à slalomer entre les arbres.

Lorsque Harold put enfin jeter un œil par-dessus son épaule et observer la créature qui l'avait pris en chasse, il resta saisi d'effroi.

Oh, pour l'amour de Thor.

Il n'y avait pas l'ombre d'un doute.

Il s'agissait d'un Fantôme d'argent, que la Rage rouge avait manifestement épargné.

En dépit de l'obscurité ambiante, chacune de ses écailles scintillait de façon irréelle. Elles captaient le moindre rayon de lumière, absorbaient l'éclat de la lune. Ses hurlements étaient si puissants et si aigus que Harold crut que ses tympans venaient de s'embraser.

Pour ne rien arranger, chacun de ces cris précédait un torrent de flammes bleutées qui incendiait les arbres environnants et dispersait leurs cendres aux quatre vents.

Il ne pouvait pas y avoir d'erreur.

Harold aurait reconnu le Fantôme d'argent à des kilomètres. D'autant qu'il n'en existait alors qu'un spécimen identifié, et que cette créature était la propriété de sa mère, la légendaire Valhallarama.

Ce qui signifiait, en toute logique, que le guerrier qui rechargeait son arbalète tout en manœuvrant sa monture par de simples pressions des genoux n'était autre que...

… sa propre mère.

OH, NON…

Le Fantôme d'argent

STATISTIQUES

EFFET TERREUR : ... 10

MOYENS D'ATTAQUE : ... 10

VITESSE : ... 10

TAILLE : ... 10

Certains dragons des airs passent le plus clair de leur existence à des attitudes si élevées que rares sont les humains qui ont pu les observer. Certains prétendent les avoir aperçus, mais n'ont jamais pu prouver leurs dires. D'autres affirment mordicus qu'il s'agit de fantômes ou remettent en cause leur existence.

2. Un affreux malentendu

— ARRÊTE, MAMAN! hurla notre héros. C'EST
MOI, HAROLD!

Hélas, ses cris étaient étouffés par la visière
de son casque, si bien que Valhallarama n'entendit
que des sons parfaitement inintelligibles :

— Mfff, mfff! Mfff, mfff!

Harold eut beau s'escrimer, sa visière, totalement
bloquée, ne bougea pas d'un millimètre.

Oh, pour l'amour de Thor!

Toute autre considération mise à part,
Valhallarama était une guerrière de légende,
l'une des plus valeureuses qui aient jamais foulé
la terre viking. Bref, si Harold ne parvenait
pas à lui faire savoir qui il était, les choses
semblaient singulièrement mal embarquées.

Le problème, c'est que Valhallarama passait
le plus clair de son temps à mener des quêtes
héroïques.

Harold ignorait en quoi elles consistaient,
mais son père, Stoïk la Brute, l'avait toujours
assuré qu'il s'agissait d'affaires de la plus haute
importance.

En conséquence, elle ne s'était jamais attardée
au domicile familial, et n'y avait pas mis les

pieds depuis près de deux ans. Sans doute ignorait-elle que son fils unique était celui que tout le monde appelait l'Exilé, le traître ou l'ennemi public numéro un.

Harold aurait aimé avoir une franche explication avec sa chère maman, mais cette dernière, d'humeur martiale, ne semblait pas pour l'heure très ouverte à la discussion.

Il était pourtant convaincu que s'il avait pu lui exposer calmement la situation, lui faire comprendre qu'il ne cherchait qu'à sauver les dragons de l'extinction à laquelle les promettaient les humains, elle se rangerait à ses côtés. (Précisons que Harold était de nature très optimiste.)

Car Valhallarama éprouvait une véritable passion pour les dragons.

Enfin, c'est ce que supposait notre héros. Car à bien y réfléchir, alors que le Vole-au-vent filait à une vitesse inouïe entre les arbres en hurlant comme un possédé sous une pluie de carreaux d'arbalète, Harold se dit que, tout bien pesé, il ne connaissait pas sa mère aussi bien que ça.

Elle avait passé trop de temps à courir l'aventure.

Battant des ailes comme des forcenés, Krokmou et La Denture encadraient le Vole-au-vent comme deux petits anges gardiens.

— Il faut admettre que nous avons affaire à un remarquable guerrier, dit le vieux dragon. Quelle est sa taille, selon vous ? Deux mètres ? Je n'ai pas vu un tel morceau depuis ma rencontre avec Raoul le Poulpe, il y a environ six cents ans...

— C'est une guerrière, pas un guerrier, s'étrangla Harold.

Encore une fois, seuls des sons étouffés s'échappèrent des minuscules ouvertures pratiquées dans la visière de son heaume.

Nous nous sommes tous trouvés un jour ou l'autre dans une telle situation. Enfin, pas dans cette situation *précise*, bien entendu. Mais qui n'a jamais essayé de dire une chose importante à un proche sans parvenir à se faire comprendre ?

S'il n'est jamais facile pour un adolescent de parler à ses parents, que dire de la situation de Harold, dont la mère, convaincue qu'elle se trouvait en présence de l'ennemi public numéro un de l'Ouest sauvage, lui donnait la chasse dans une forêt obscure et semblait bien décidée à le réduire en bouillie ?

nff...
nff...

Le Vole-au-vent était un dragon rapide et sa relative petite taille le rendait extrêmement manœuvrable dans le labyrinthe de troncs.

Pourtant, le Fantôme d'argent gagnait peu à peu du terrain.

— Il v-v-va nous rattraper si nous restons au ras du sol, dit Krokmou. Pourquoi ne p-p-pas prendre un peu d'altitude ?

Au cours des derniers mois, les quatre complices avaient à plusieurs reprises échappé à leurs poursuivants en appliquant cette stratégie, atteignant des hauteurs où la plupart des

dragons ne pouvaient s'aventurer en raison du manque d'oxygène.

Mais le Fantôme d'argent évoluait à son aise dans de telles conditions.

Harold aurait voulu expliquer à ses compagnons qu'il était inutile d'appliquer la tactique habituelle. Leur adversaire appartenait à la sous-espèce des Aérodragons. Il était capable de voler plus haut et plus vite que n'importe quel autre reptile. Valhallarama elle-même était rompue aux manœuvres dans les conditions les plus extrêmes.

Le Vole-au-vent sous-estima la distance qui séparait deux arbres, heurta l'un d'eux et se mit à zigzaguer de façon hasardeuse. Aussitôt, il sentit la mâchoire de son poursuivant se refermer sur l'une de ses pattes arrière. Il se tortilla avec l'énergie du désespoir puis fila à la verticale, en proie à la plus extrême panique.

— Oh non, soupira Harold, en essayant vainement de modifier sa trajectoire.

Mais rien ne pouvait plus raisonner sa monture, qui poursuivit son inexorable ascension.

Notre héros baissa les yeux vers la forêt et vit le Fantôme d'argent décrire un glorieux arc de cercle puis filer droit dans sa direction, parcourant une distance toujours plus grande à chaque battement d'ailes.

Il était à l'évidence beaucoup trop rapide pour le pauvre Vole-au-vent. Après s'être positionnée au-dessus de la tête de Harold, Valhallarama se pencha, tendit le bras gauche et arracha son fils au dos de l'animal.

Enfin, elle donna un coup d'éperon dans les flancs du Fantôme, qui piqua vers la canopée. Quelques instants plus tard, il se posa au centre d'une clairière.

Valhallarama mit pied à terre puis, tenant Harold par le col, s'empara de la carte glissée dans la poche intérieure de son gilet et la remit à son dragon.

« Oh, pour l'amour de Thor, pensa Harold. J'aurais dû prendre davantage de précautions. La cacher dans l'une de mes chaussures, par exemple… Quel imbécile je fais. Décidément, je fais un bien piètre héros solitaire. »

Le Fantôme prit son envol puis disparut parmi les arbres dans un chatoiement d'écailles argentées.

Valhallarama tourna la tête pour admirer ce spectacle. Harold en profita pour s'extraire de son gilet puis, en quelques foulées, se plaça hors de portée de l'ennemi. Sa mère tira son épée, la légendaire Finemouche.

À son tour, Harold brandit son arme.

Sa mère ne l'avait toujours pas reconnu, et cela commençait à devenir un poil vexant. Il était tout de même son fils, nom d'une pipe ! Le moins que l'on puisse dire, c'est qu'elle n'était pas aveuglée par l'amour maternel.

Harold sentit sa gorge se serrer. Il se souvenait des innombrables lettres qu'il lui avait adressées, lorsqu'il était petit garçon, pour la supplier de revenir à la maison. Invariablement, elle lui avait expliqué à quel point ses quêtes étaient importantes…

« Plus importantes que moi, pensa Harold. Pas étonnant qu'elle ne me reconnaisse pas. Je ne l'ai pas vue depuis deux ans. »

Valhallarama effectua une fente dans sa direction. Harold para l'attaque puis répliqua par

une botte de son invention plus chorégraphique que meurtrière.

Frappée par l'élégance de la manœuvre, Valhallarama écarquilla ses grands yeux bleus derrière la fente de son heaume. Malgré les circonstances, notre héros en conçut une immense fierté. C'est toujours un plaisir, pour un garçon, de voir sa mère s'émerveiller de ses talents, même si cette mère-là, en l'occurrence, ignorait à qui elle avait affaire.

À dire vrai, Harold était particulièrement doué pour l'escrime. Depuis qu'il vivait en exil,

sous la menace permanente des humains et des dragons qui avaient juré sa perte, il avait eu l'occasion de pratiquer cet art au moins deux fois par jour afin d'assurer sa survie.

Désormais, chacun de ses mouvements était une ode aux dieux de la guerre.

En outre, il avait la chance d'être gaucher, une particularité qui lui offrait un net avantage sur la plupart de ses adversaires.

Cependant, ses fidèles compagnons à écailles, qui venaient de rejoindre la clairière où se déroulait l'affrontement, n'entendaient pas le laisser prendre le moindre risque. À la vue des deux combattants, une petite flamme brilla dans les yeux usés de La Denture.

— Numéro 4, les gars ! s'exclama-t-il. Numéro 4 !

Ce code désignait l'une des nombreuses manœuvres que les quatre compagnons avaient répétées jusqu'à l'écœurement au cours de leur exil. C'était aussi l'une des plus efficaces.

— Mfff, mfffff, mfff, mfff, mmmmmmmmmmfffff ! hurla Harold, au comble de la panique. (Traduction : « Non, les gars ! Non ! C'est ma mère ! Tout cela n'est qu'un affreux malentendu ! »)

Les dragons n'ayant strictement rien compris, ils mirent en œuvre leur stratégie.

Le Vole-au-vent se mit à tourner autour des belligérants en aboyant comme un possédé afin de semer la confusion.

Krokmou se posa sur le casque de Valhallarama et le mordit à s'en blesser les mâchoires.

La Denture commença à rôtir la base d'un arbre situé dans le dos de la guerrière.

La manœuvre compliquait sérieusement la situation de Harold, qui devait esquiver les attaques de sa mère tout en s'efforçant de l'attirer à l'écart du tronc avant qu'il ne l'écrabouille.

Mais cette dernière, montagne de muscles caparaçonnée de ferraille, refusait de bouger d'un centimètre.

Il enchaîna la botte de Barbe-Sale et la culbute de Bruno la Breloque avant de réaliser que rien ne la ferait abandonner sa position. En dépit de sa petite taille, La Denture crachait les flammes comme un volcan en éruption. La neige avait fondu aux alentours, les brins d'herbe ainsi dévoilés étaient partis en fumée et le tronc calciné semblait sur le point de se rompre.

Tout en écartant la pointe de Finemouche, Harold essayait désespérément d'ôter l'affreuse boîte de conserve qui lui servait de casque.

— CHAUD DEVANT ! braillèrent joyeusement

Krokmou et La Denture lorsque l'arbre commença à ployer.

Au prix d'une ultime traction, Harold parvint à arracher le heaume qui le réduisait au silence. L'objet produisit un son étrange évoquant un bouchon tiré d'une bouteille d'hydromel.

— Mère ! hurla-t-il à pleins poumons. C'est moi, ton fils ! Range cette épée, je t'en prie, et fais un pas de côté si tu ne veux pas que cet arbre te tombe sur la poire !

Hélas, il avait prononcé cette supplique en dragonais, une langue dont sa mère ne connaissait pas un traître mot. Précisons qu'en l'absence de compagnon humain, il n'avait employé que cette langue depuis sa condamnation à l'exil. Voici ce qu'entendit l'héroïque guerrière :

— Mamo ! Issa mi, tiya fishta ! Naposh tya woosh-woosh, et shlok-sklok pinshmi-pinshmwa si ne vovo issa méjo di wazo sulla kabosh !

Un message quelque peu confus, il faut en convenir.

Oui, parfois, l'existence est singulièrement brouillonne et déroutante.

58

Mamo! Issa mi, tiya fishta!
Naposh tya woosh-woosh!

Lorsque Valhallarama reconnut le visage de son fils, ses yeux bleus jaillirent littéralement de leurs orbites. Elle se figea, en état de choc, en pleine exécution d'un triple lutz piqué perforant, et demeura dans une posture qui manquait singulièrement de dignité. (Précisons que cette botte, invention du génial maître escrimeur Bruno la Breloque, exigeait l'exécution de rotations du bassin qui ne convenaient guère à une femme de son âge et de sa corpulence.)

Sa surprise était fort compréhensible.

En l'espace de quelques instants, elle venait d'apprendre que :

1. *Elle avait accidentellement tenté d'occire son propre fils.*

2. *Que ce fils était l'Exilé et l'ennemi numéro un de l'Ouest sauvage, le criminel qui avait libéré le dragon Furax et déclenché la guerre qui opposait humains et dragons.*

3. *Que ce fils portait sur la tempe l'infamante Marque des esclaves.*

4. *Que ce fils parlait couramment le dragonais, un langage dont la loi viking interdisait formel-lement l'étude et l'emploi. (Harold était en effet le seul humain à le comprendre et à le parler.)*

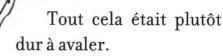

Tout cela était plutôt dur à avaler.

Cependant, une information capitale lui avait totalement échappé en raison de son ignorance du dragonais, et ce léger détail risquait purement et simplement de lui coûter la vie : elle ignorait que l'arbre était sur le point de lui tomber sur le coin de la figure.

CRAAAAACCCCC !

Le tronc se brisa au ras du sol puis...

BOOOOOIIING !

… s'abattit sur le heaume de la pauvre femme avant de rebondir et de rouler sur le sol.

Valhallarama demeura immobile une seconde de plus.

Puis elle adopta une posture plus convenable.

Puis elle se mit à tanguer comme un ivrogne à la fermeture de la taverne.

Puis…

CLING CLANG CLONG !

… elle s'affala dans un bruit de casserole.

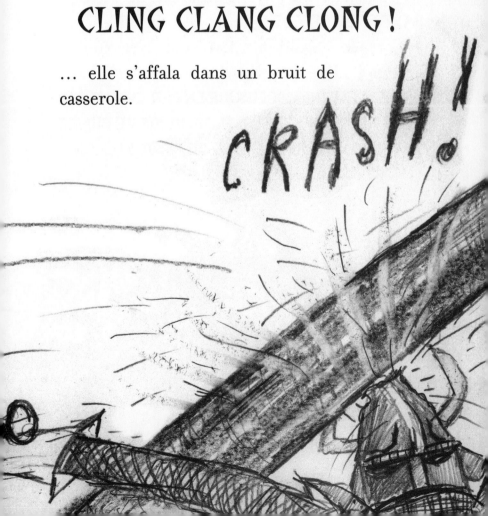

— NOOOOOOOOOOOOOOOOOOOOON !!!

Oh mon Dieu, oh mon Dieu, oh mon Dieu !

Harold se balança anxieusement d'un pied sur l'autre.

— B-B-BINGO ! s'exclama Krokmou. EN PLEIN DANS LE MILLE, LA DENTURE !

Sur ces mots, il colla le museau contre la visière de Valhallarama et hurla :

— TU FAIS UN P-P-PEU MOINS LE MALIN, SALETÉ DE BIPÈDE !

Lorsque Harold lui fit signe de s'écarter, il crut qu'il lui reprochait ses vilaines manières.

— ESPÈCE DE MOLLUSQUE EN FER-BLANC, S'IL VOUS PLAÎT ! MOTTE DE GRAS AU JUS DE BULOT, JE VOUS PRIE ! VIEUX BARIL DE TESTOSTÉRONE, SI VOUS VOULEZ BIEN M'EXCUSER !

Motte de gras au jus de b-b-bulot !

Le souffle court, il se tourna
vers La Denture.

— Mon maître est très à cheval sur la politesse,
expliqua-t-il sur le ton de la confidence.

— Je constate que ses conseils ont porté leurs fruits,
grommela le vieux dragon.

Harold écarta Krokmou sans ménagement
puis souleva la visière de sa mère.

« Thor soit loué, elle respire… »

Elle respirait, en effet, mais gisait sans connaissance, une énorme bosse au milieu du front.
Hélas, lorsque le Vole-au-vent, dont les nerfs
étaient chauffés à blanc, constata que le guerrier
était toujours en vie, il
poussa un mugissement
épouvanté puis se jeta
sur Harold afin de le
pousser à l'écart.

Lorsque ce dernier lui opposa une résistance farouche, il perdit tout bonnement les pédales. Sourd aux protestations de notre héros, il le saisit par les épaules, le souleva de terre et l'emporta en lieu sûr, à près d'une lieue de là.

— Non ! glapit-il en tentant vainement de se dégager. Lâchez-moi ! C'est ma mère ! Je vous dis que c'est ma mère !

Krokmou et La Denture voletaient autour de sa tête en lui lançant des paroles apaisantes. Ils étaient convaincus que le combat qu'il venait de livrer face au colosse en armure avait ébranlé son équilibre psychologique.

Harold s'époumona pendant près de dix minutes avant que ses compagnons comprennent enfin de quoi il retournait.

Ceci fait, il insista pour qu'ils le déposent à l'endroit où l'affrontement s'était déroulé, mais une fois de retour sur les lieux, Valhallarama avait déjà décampé. C'est à peine si l'on pouvait distinguer une silhouette humaine imprimée en creux dans la neige, à proximité de la souche d'arbre fumante.

Où était-elle passée ? Un dragon errant lui avait-il fait la peau ? Le Fantôme d'argent l'avait-il emportée loin de la clairière ?

Ils passèrent le reste de la nuit à explorer la forêt. En vain.

Aux premières lueurs de l'aube, Harold écarta un buisson d'épineux puis se glissa dans une grotte désormais familière afin de s'accorder quelques heures de repos. Il s'allongea contre les flancs tièdes du Vole-au-vent, les deux petits dragons roulés en boule sur son ventre.

Certes, il n'était qu'un Exilé, mais au moins, ses chers compagnons à écailles se trouvaient à ses côtés. Il pensa à son ami Findus qui, selon toute probabilité, était livré à lui-même.

À l'instant où il allait sombrer dans le sommeil, une idée le frappa.

Zut alors. Il s'était fait chiper la carte !

3. Harold doit mourir

Sur la petite île de Beurk, au cœur de la nuit polaire, alors que les cristaux de glace charriés par la tourmente piquaient la peau comme autant de frelons, le dragon Furax contemplait les ruines fumantes du village hooligan.

Furax était le Dragonus Oceanus Gigantus qui avait pris la tête de la Rébellion. Il s'était fixé pour but l'éradication pure et simple de l'espèce humaine.

Les Hooligans avaient dû abandonner le berceau de leur tribu à une horde de reptiles déchaînés et gagner les îles du Sud, qui résistaient encore tant bien que mal aux assauts de l'envahisseur.

La conquête de l'île de Beurk était un objet de satisfaction pour Furax.

Cependant, parmi la population hooligan qui avait dû prendre la fuite, un Viking manquait à l'appel. Un Viking que Furax et ses guerriers traquaient vainement depuis des mois par les mers, les montagnes, les forêts, les volcans et les cavernes de glace.

Harold Horrib'Haddock, troisième du nom, demeurait introuvable.

Il ne cessait de leur filer entre les pattes à la dernière minute, fuyant *in extremis* à dos de Vole-au-vent, comme un renard talonné par une meute de chiens de chasse.

Assis devant Furax, un dragon à trois têtes — une Ombre de la mort, pour être plus précis — contemplait le réjouissant spectacle de désolation qui s'offrait à ses yeux. Nul ne pouvait le voir, car les Ombres de la mort, à l'instar des caméléons, avaient la faculté de se fondre dans l'environnement. À cet instant, ce spécimen était parfaitement invisible.

— *Harold doit mourir*, dit Furax. *Si nous échouons, notre espèce est perdue. Croyez-vous être capables de réussir là où tous les autres ont échoué ?*

Lentement, l'Ombre de la mort retrouva sa couleur naturelle, et une créature de cauchemar sembla surgir de nulle part. Il apparut aux yeux de son chef dans toute sa splendeur : scintillant, aussi musculeux qu'une panthère, les pattes hérissées de serres tranchantes comme des rasoirs, les gueules pleines de flammes et d'éclairs.

Ses trois têtes esquissèrent un sourire. Les glandes à poison cachées dans ses six joues palpitèrent hideusement. Ses griffes rétractiles brillèrent comme des poignards.

— Maître Furax, dit la tête du milieu. Un jour, mes frères et moi avons aimé un être humain. Et cet être humain est mort de chagrin en raison des agissements de sa propre famille. Désormais, nous haïssons cette espèce de toute notre âme. Si vous nous ordonnez de tuer ce garçon, considérez que l'affaire est faite.

— Ah, répondit le grand dragon. Je savais que je pouvais compter sur vous. Vous me ressemblez tellement… J'ai besoin d'un tueur qui partage ma haine. Quelqu'un qui ne se laissera pas attendrir. Car ce jeune Viking, avec sa manie de désamorcer les pièges à dragons, n'a pas son pareil pour gagner la sympathie des plus influençables d'entre nous. Traquez-le, tuez-le ! Je le répète, Harold doit mourir !

— Et il mourra, croix de bois, croix de fer ! clamèrent les trois têtes de l'Ombre de la mort.

Sur ces mots, elle déploya ses grandes ailes membraneuses, s'élança dans les airs et disparut dans le ciel d'encre.

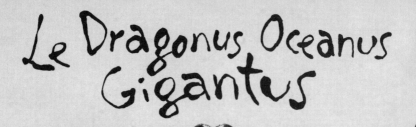

Le Dragonus Oceanus Gigantus

STATISTIQUES

EFFET TERREUR : ... 10

MOYENS D'ATTAQUE : ... 10

VITESSE : ... 10

TAILLE : ... 10

Le Dragonus Oceanus Maximus est le plus grand dragon connu. Par chance, il passe le plus clair de son temps au fond de l'océan.

Quelques rudiments de politesse et de savoir-vivre, par Krokmou

Modom, tya nifik sniffish boko mawouss plush skrofulax. E kwali hirsut bisheps !

Madame, votre joli nez est énorme et criblé de verrues. Et quels superbes bras poilus !

Krokmo skouzi flamesh tissa barba. Issa e toto inopino.

Je suis navré d'avoir mis le feu à votre barbe. C'était parfaitement involon-taire.

Oups ! Krokmou n'avait aucunement l'intention de marcher dans la bouse de Psychotératops...

Mi mawouss boko zolé. Credo ké mi shlok-shlok inna kaka di pchikratosh plus mi toto kraspek sulla karpet.

Je vous présente mes plus plates excuses. Je crois que j'ai marché dans la bouse de Psychotératops et que j'en ai fiché plein le tapis.

Ti poof-poof gobish tiya yom-krackracs ? Letmi tagada alla riscossa.

Vous avez du mal à terminer vos huîtres ? Laissez-moi vous aider.

Né, mi yamé cunga issa moumout. Mi né fifiy. Mélio ki si boosh mya troo di flamesh e ki mi flap-flaps si form inna pelosh di Wodan. Arsi boko.

Non, je ne porterai pas ce manteau de fourrure. Je ne suis pas une fille. Plutôt avoir les trous à feu bouchés et les ailes transformées en sucettes de glace. Merci beaucoup.

4. Un ingénieux déguisement

Quelques semaines après ses étranges retrouvailles avec sa mère, Harold Horrib'Haddock,
troisième du nom, se tenait accroupi dans un bouquet de roseaux, sur la berge d'un îlot baignant
dans une sinistre baie baptisée *Cimetière des
dragons*. De sa cachette, il pouvait observer les
hautes murailles de la Prison du Cœur noir.

Ses trois compagnons étaient tapis à ses
côtés, les ailes frissonnantes, leurs yeux
de chat scrutant ce paysage lugubre.

— Tu n-n-ne vas quand même pas entrer là-
dedans ? s'étrangla Krokmou, perché sur
l'épaule de son maître, en pointant une
serre tremblante vers la forteresse. S'il te
plaît, dis-moi que tu ne vas pas entrer là-dedans...

— Je n'ai guère le choix, maintenant que
ma propre mère m'a trahi, soupira
tristement Harold.

Elle n'a jamais été très affectueuse, mais je n'aurais jamais imaginé qu'elle irait jusqu'à attenter à mes jours...

Il avait le cœur gros. Le monde où il avait grandi n'était plus que cendres et ruines, mais il ne songeait qu'à cette mère indigne et éprouvait les pires difficultés à retenir ses sanglots.

Il fallait pourtant voir les choses en face. Le Fantôme d'argent de Valhallarama avait dû remettre la carte de Barbe-Sale le Grave à la sorcière Burgondofore, qui était prête à tout pour mettre la main sur la Pierre-Dragon. Et la vieille folle se trouvait désormais dans la sinistre forteresse du Cœur noir. Elle en avait fait le quartier général de l'Ouest sauvage, comme le prouvaient les innombrables drakkars aux couleurs des tribus tronchkek, homicide, vizigros et hooligan que Harold avait vu faire voile vers la prison au cours des deux dernières semaines.

Ce qui signifiait que Stoïk, son père, et Findus, son meilleur ami, dont l'affreuse mégère avait fait ses esclaves, se trouvaient eux aussi en ces lieux maudits. Harold était déterminé à les libérer.

« Je dois faire quelque chose. »

— *Oh, p-p-par les varices de Thor !* pleurnicha le pauvre Krokmou, assis sur le casque de son maître.

Tétanisé de peur, il glissa de son perchoir et plongea dans l'eau boueuse.

— Regarde ! poursuivit-il en désignant les innombrables carcasses de dragons à demi immergées qui jonchaient l'infâme marécage. Même les troupes de

LA PRISON DU CŒUR NOIR

Furax se sont cassées les dents sur ces murailles !
Comment pourrais-tu réussir là où ils ont échoué ?

Au-delà du charnier s'élevait la prison, dont la gigantesque porte offrait l'unique accès aux Champs d'ambre. Les remparts qui ceignaient ces terres damnées où tant de Barbares avaient été réduits en esclavage n'étaient peut-être pas aussi longs que la Grande Muraille de Chine, mais beaucoup plus hautes et au moins aussi solides.

Devant l'entrée de la forteresse, la marée descendante avait révélé les corps sans vie de milliers de dragons. Les plus anciens, réduits à l'état de squelettes, évoquaient des cathédrales croulantes et mélancoliques. Des mouettes nichaient dans leurs imposantes cages thoraciques. Les plus récents exhalaient une puanteur à peine supportable. Leur sang vert se déversait dans les flots boueux. Pourtant, chaque nuit, la prison subissait les assauts des troupes les plus féroces et déterminées de la Rébellion.

— Ton plan est voué à l'échec ! hurla Krokmou, en proie à la plus extrême terreur. Alvin et la Sorcière vont te c-c-capturer !

— Mais non, personne ne va me capturer, le rassura Harold. Je vais entrer discrètement, localiser Findus, mon père et la Pierre-Dragon, puis filer à l'anglaise. Nous autres, les Exilés, nous y entendons en furtivité. Et si un garde m'aperçoit, je n'aurai qu'à exhiber la marque sur mon front pour le convaincre que je ne suis qu'un esclave parmi les autres.

Il marqua une pause puis souleva un sourcil.

— De plus, ajouta-t-il, je revêtirai cet ingénieux déguisement.

Au cours de ses mois d'exil, la silhouette de Harold s'était sensiblement étirée. Sa voix, qui avait baissé de plusieurs tons, déraillait fréquemment dans les aigus. D'une certaine façon, ces changements propres aux garçons de son âge constituaient déjà une sorte de déguisement.

Il ôta son casque puis sortit de son sac un petit morceau de tissu cousu à une ficelle qu'il noua autour de sa tête de façon à cacher son œil gauche. Il plaça un petit morceau de cire rosâtre au bout de son nez et modela une verrue

L'ingénieux déguisement de Harold ↗

assez convaincante. Enfin, il s'arrosa de sécrétions d'Empuanteur conservées dans une petite fiole. Il avait recueilli cette substance malodorante sur un spécimen en état d'hibernation déniché deux jours plus tôt dans la Forêt oubliée. Il espérait que cette pestilence dissuaderait quiconque de s'approcher de lui à moins de trois pas.

— De quoi ai-je l'air ? demanda-t-il.

Krokmou afficha une moue dégoûtée.

— Pas question que je t'accompagne ! couina-t-il.

— Je n'ai pas l'intention de t'y obliger. D'ailleurs, tu ferais mieux de te tenir à l'écart de cette prison. Il ne fait pas bon être un dragon parmi les humains, de nos jours. Je m'en voudrais s'il t'arrivait malheur. Si tu le souhaites, tu peux demeurer ici en compagnie du Vole-au-vent.

— Comment ça, en compagnie du Vole-au-vent ? protesta ce dernier. Pas question de rester ici à me rouler les serres. Je viens avec toi.

Harold secoua la tête.

Odeur si épouvantable qu'il en devient pratiquement invisible.

—J'ai bien peur que ce soit impossible. Krokmou et La Denture sont assez menus pour se cacher dans mon gilet, mais toi, tu es trop imposant. Tu seras tué sur place si tu franchis les portes de cette forteresse.

Le Vole-au-vent
ferma les yeux. Sa
queue retomba tristement entre ses
pattes arrière. Ses épines dorsales s'affaissèrent.

Harold caressa le cou tiède de sa fidèle monture
et huma son odeur familière comme si c'était la
dernière fois.

Précisons que le Vole-au-vent
exhalait un délicieux parfum
de chocolat chaud.

— Tu ne peux pas me suivre, mon ami. Tu prendras mon casque, puis tu surveilleras l'entrée de notre cachette, dans la Forêt oubliée, afin qu'elle ne tombe pas entre de mauvaises mains. Ne t'inquiète pas, nous serons bientôt de retour.

Au fond, Harold n'était guère à l'aise à l'idée de retrouver son père, qu'il avait vaincu en combat singulier devant ses propres sujets, précipitant sa déchéance et son bannissement de la tribu hooligan. De ce chef craint et respecté, qui passait le plus clair de son temps à s'empiffrer et à brailler des ordres, il avait fait un esclave condamné à suer sang et eau dans les Champs d'ambre.

Harold aimait et respectait son père. Sa déchéance lui était d'autant plus insupportable qu'il en était le principal responsable. Cette expérience l'avait-elle changé ? Quels sentiments éprouvait-il à son égard ? Et Findus ? Comment se portait-il ?

Ces pensées lui causaient de terribles tourments.

Mais en certaines circonstances, un véritable héros ne peut se contenter d'occire des monstres, de braver la mort et de botter les fesses des sorcières. Il doit aussi faire face aux conséquences de ses actes.

Harold avait un devoir à accomplir.

— Krokmou, as-tu pris ta décision ?

— Je viens avec toi, répondit fièrement le petit dragon en pointant une serre vers son maître. *Parce que t-t-t-u auras besoin de mon aide. Franchement, que f-f-ferais-tu sans moi ? Une petite question : puis-je porter un bandeau sur l'œil, moi aussi ?*

— Nul besoin de te déguiser, Krokmou. Personne ne te verra.

— *Mais ça a un chic f-f-fou…*

Soudain, le reptile lâcha un couinement épouvanté puis sauta dans le gilet de son maître. Ployant les bouquets de roseaux, une galère chargée d'esclaves glissait sur les eaux verdâtres. Les matelots semblaient pressés de rejoindre la porte de la prison : la mer était en train de se retirer, et ils redoutaient de se retrouver en cale sèche. Si le bateau n'avait pas jeté l'ancre avant que les dragons rebelles lancent leur assaut quotidien, tous ses occupants seraient impitoyablement massacrés.

Harold prit une profonde inspiration, plongea dans la baie puis se lança dans le sillage du drakkar qui slalomait entre les cadavres. Afin de lui permettre de progresser sous l'eau, La Denture

collait régulièrement son museau à sa bouche et lui soufflait quelques bulles d'air. Il fit surface à hauteur de la poupe puis se hissa discrètement sur la dunette.

Il pouvait entendre des claquements de fouet se mêlant aux gémissements des esclaves harassés contraints de manœuvrer les avirons.

La galère s'immobilisa, puis un individu lâcha quelques hurlements à l'adresse des sentinelles postées sur les créneaux de la prison.

CRRRIIIIIIIIIIIIIIIIIIIIIIIIIIAAAAAAAAAAK !

Chaînes et poulies se mirent en branle, puis la terrible porte s'entrouvrit dans un lugubre grincement.

Une devise peu encourageante était gravée au fronton de l'édifice :

OUBLIEZ TOUS CEUX QUI ENTRENT EN CES LIEUX.

Le garde-chiourme fit claquer son fouet.

— Ramez, tas de fainéants !

Les galériens épuisés tirèrent les avirons, et la galère glissa à l'intérieur de la prison.

Avec lenteur, tel un suaire recouvrant le visage d'un défunt, la porte de fer se referma derrière eux.

Accroupi parmi les roseaux, le Vole-au-vent lâcha un couinement désespéré. Il demeura immobile, glacé de solitude, jusqu'à ce qu'un coup de corne se fasse entendre, signe que l'une des sentinelles postées sur le chemin de ronde l'avait aperçu. Un instant plus tard, un objet non identifié frôla son crâne puis explosa dans un buisson tout proche.

De quoi pouvait-il bien s'agir? De l'une de ces nouvelles armes terrifiantes que les humains employaient contre les dragons?

Malgré la curiosité que suscitait en lui ce mystère, le Vole-au-vent jugea plus prudent de ne pas s'attarder. Il lâcha un cri haut perché, jaillit de sa cachette et s'en fut à tire-d'aile, cap au nord, en direction de la Forêt oubliée. Il tourna la tête pour jeter un dernier coup d'œil au paysage de cauchemar. Alors, il réalisa que, dans son empressement, il avait oublié le casque de Harold près de son poste d'observation.

Ce n'est que plusieurs heures plus tard qu'une créature invisible, furetant parmi les tristes cathédrales d'ossements, dénicha le heaume et le huma longuement. Ses trois têtes esquissèrent un sourire puis ses serres rétractiles jaillirent de ses pattes comme des couteaux à cran d'arrêt.

— *Harold...* ronronna la tête centrale du monstre. *Harold, Harold, Harold. Il est passé par ici.*

Les trois paires d'yeux se tournèrent vers la Prison du Cœur noir.

— Et maintenant, dit la tête gauche, nous savons où il se trouve.

La troisième tête renifla à nouveau le casque et fronça le museau.

— De toute évidence, il a eu la malchance de croiser un Empuanteur. Comme il va être facile de le suivre à la trace, désormais...

Le dragon prit son envol, se dirigea vers la forteresse en battant lentement des ailes puis décrivit des cercles au-dessus des remparts à la manière d'un vautour.

Nous savons tous de quel dragon il s'agissait, n'est-ce pas, cher lecteur ? Car les caméléons volants à trois têtes étaient extrêmement rares dans l'Archipel barbare.

Trêve de suspense : l'Ombre de la mort avait bel et bien retrouvé la piste de notre héros...

5. Du mauvais côté de la porte

Le plan plutôt bancal de Harold ne tarda pas à tourner à la catastrophe.

Les esclaves entassés à bord de la galère débarquèrent en file indienne. Harold, accroupi sur la dunette, attendait une occasion de se glisser dans cette triste cohorte afin de pénétrer à l'intérieur de la prison. En tant qu'Exilé, il était passé maître dans l'art de se fondre dans l'environnement.

Alors qu'il progressait à pas de loup, La Denture lâcha un éternuement. Oh, c'était un éternuement des plus discrets, mais par malheur, Krokmou lança un « Shtéshoué » tonitruant, une exclamation qui signifiait « à tes souhaits » en dragonais.

La Denture enchaîna trois *atcha !* aussi peu bruyants que possible, auxquels Krokmou répondit par trois « Shtéshoué » extrêmement sonores.

Ces sons parvinrent aux oreilles du garde qui surveillait la file des détenus.

— EH, TOI, QU'EST-CE QUE TU FICHES LÀ-HAUT ? lança-t-il à l'adresse de Harold, convaincu qu'il avait affaire à un esclave rétif.

Il lui flanqua un coup de fouet à l'épaule, lui infligeant une douleur comparable à celle produite par la morsure d'un Dragon-écureuil puis, d'un geste, l'invita à rejoindre les prisonniers qui gravissaient un escalier souillé de vase.

— **Krokmou,** chuchota notre héros, hors de lui, en s'enfonçant dans le labyrinthe de galeries obscures menant à la cour centrale de la prison. *Je te supplie de faire moins de bruit. Souviens-toi que nous sommes ici en mission d'espionnage, et qu'il convient de nous faire discrets...*

— *Voilà que tu me reproches d'être poli* ! protesta le petit dragon. *On aura tout vu* !

— *Je suis sensible à tes efforts, mais je te demande de bien vouloir mettre ta politesse en veilleuse jusqu'à nouvel ordre.*

Un chaos indescriptible régnait dans la cour.

Bouche bée, Harold contempla le chaos qui s'offrait à ses yeux. C'était comme si, en franchissant la porte de la forteresse, il était entré dans un parc à thème dédié à la misère, au désespoir et à la folie. De longues tables donnaient à cet endroit des airs de réfectoire à ciel ouvert. Les individus qui s'y restauraient étaient âgés de six à cent ans. Tous portaient la Marque des esclaves.

Autour de ce sinistre banquet régnait un vacarme infernal, comme si le dieu Thor en personne, d'humeur festive, avait poussé le volume au maximum.

Autour des tables, des guerriers braillards martelaient le métal chauffé à blanc sur des enclumes afin de forger des épées et des pointes de lance. Au-dessus de la tête de Harold, des fusées explosaient, libérant une épaisse fumée jaune qui brûlait les yeux, s'insinuait dans les fosses nasales comme des limaces sulfureuses et laissait au fond de la gorge un épouvantable goût d'œuf pourri.

Tout autour de la cour étaient dressées d'énormes machines de mort d'aspects aussi divers qu'effrayants, des inventions issues d'un esprit dément, dont des catapultes et des arbalètes capables de lancer trente-cinq projectiles à la fois. Le niveau sonore était si élevé qu'il était impossible de s'entendre penser.

— Profitez bien du repas, car la Récolte va bientôt commencer, beugla le garde.

À cet instant, parmi les individus attablés au centre de la cour, Harold reconnut bon nombre de visages familiers, d'anciens membres des tribus de l'Archipel qu'il avait eu l'occasion de croiser au cours de ses aventures. Considérant qu'il était officiellement le criminel le plus recherché de l'Ouest sauvage, il jugea plus sage de rebrousser chemin et de se précipiter vers le premier couloir venu avant qu'on ne l'identifie.

Mais décidément, la chance, ce jour-là, n'était pas avec lui.

— EH ! TOI, LÀ-BAS, LE GARÇON À L'ODEUR FÉTIDE, INSTALLE-TOI À NOTRE TABLE ! brailla un colosse ventripotent.

Harold se figea puis pivota lentement sur les talons.

Alors, à sa grande stupeur, il réalisa que l'homme qui venait de l'interpeller n'était autre que son père, Stoïk la Brute.

Le moment qu'il attendait depuis si longtemps était enfin venu.

À l'évidence, sa verrue, son bandeau et la puanteur dont il était nimbé remplissaient leur office, car le vieux chef déchu ne l'avait pas reconnu.

— EH, GAMIN ! gronda ce dernier. SI TU TRAÎNES, IL NE RESTERA PLUS RIEN À MANGER !

D'un pas hésitant, Harold se dirigea vers la table.

À l'exception de son père, tous les esclaves qui s'y restauraient froncèrent le nez puis se regroupèrent aussi loin que possible, à la façon d'un banc de maquereaux fuyant la présence d'un prédateur.

« Voilà ce qu'on doit ressentir, lorsqu'on est atteint d'une maladie grave et contagieuse », pensa notre héros.

Stoïk lâcha un grognement puis posa devant Harold une poignée de moules et un gros morceau de pain. Il respirait par la bouche afin de ne pas inhaler l'odeur pour le moins originale et entêtante du nouveau venu.

— Mange, mon garçon, avant que je ne change d'avis.

Harold se réjouissait de trouver son père en parfaite santé.

Peut-être son regard était-il un peu moins joyeux qu'à l'ordinaire ; peut-être ses cheveux avaient-ils légèrement blanchi ; peut-être avait-il perdu un peu de poids, mais on pouvait toujours le décrire comme « une montagne de muscles et de gras à la barbe plus rouge et plus incontrôlable qu'un feu de forêt ».

Au grand soulagement de Harold, son père

Stoïk la Brute
(ancien chef de la tribu des Hooligans hirsutes, désormais réduit en esclavage)

semblait avoir conservé son aura auprès des esclaves qui partageaient son repas.

Chef un jour, chef toujours.

— Tu es nouveau, n'est-ce pas ? demanda Stoïk. Comment t'appelles-tu, mon petit ?

Harold regarda son père droit dans les yeux.

Il éprouvait un sentiment affreux.

D'une certaine façon, il se réjouissait de ne pas avoir été identifié, car la perspective d'être massacré sur-le-champ, sans autre forme de procès, ne l'enthousiasmait pas tant que ça. Mais tout de même ! Il était en droit d'espérer que son propre père le reconnaisse !

Valhallarama, elle, avait une excuse : les innombrables quêtes qui l'avaient tenue éloignée du foyer familial. Mais Harold et Stoïk avaient pris leur petit déjeuner à la même table pendant treize longues années !

Était-il aussi insignifiant que ça ? Pour l'amour de Thor, il avait sans doute pris quelques centimètres au cours de son exil, mais tout de même !

Mais non, Stoïk ne nourrissait pas le moindre soupçon. L'idée qu'il était en train de partager son repas avec son fils ne l'avait même pas effleuré.

— Mon nom est… Fétide la Verrue, répondit Harold.

— Joli patronyme, sourit Stoïk. À quel clan appartenais-tu, avant de recevoir la Marque des esclaves ?

— À la Tribu perdue, improvisa notre héros.

— Eh bien, laisse-moi te souhaiter la bienvenue au nom de la Compagnie des Chasseurs d'ambre, Fétide la Vertu, lança l'ancien chef des Hooligans hirsutes en lui adressant une grande claque dans le dos.

— *La Verrue...* rectifia Harold. Fétide *la Verrue.*

Oh, pour l'amour de Thor, Stoïk n'était même pas capable de se rappeler le nom d'emprunt de son fils ! À ce train-là, il n'allait pas tarder à oublier de respirer.

— Il va te falloir choisir une Compagnie, mon gaillard. Sinon, tu ne tiendras pas une seule journée dans les dunes. Comme je le disais, mes amis et moi formons la Compagnie des Chasseurs d'ambre.

Sur ces mots, il se leva et s'adressa à la foule des esclaves.

— Écoutez-moi, vous tous ! Nous avons un petit nouveau parmi nous. Je vous présente Lipide la Morue, l'un des derniers survivants de la Tribu perdue.

À la vue de cette assemblée, Harold sentit son sang se glacer dans ses veines puis tomber sous forme de flocons au fond de ses sandales.

La situation semblait bien mal engagée. C'était comme si les individus les plus néfastes et déplaisants avaient gagné du galon depuis leur incarcération dans la Prison du Cœur noir. À la plus longue table, trônant au milieu de la foule des esclaves, se trouvaient rassemblés les guerriers qui avaient échappé à l'asservissement en se mettant au service d'Alvin le Sournois. Parmi eux, Harold reconnut Rustik le Morveux, le nouveau chef des Hooligans hirsutes, son âme damnée Halen le Fétide et cette andouille congénitale de Glôk le Nabot.

Autour d'eux se trouvaient de nobles figures de son ancienne tribu, des hommes et des femmes respectées qui, huit mois plus tôt, faisaient la fierté de leur clan. Tous, désormais, portaient l'infamante Marque des esclaves.

Il y avait là des Hooligans hirsutes, des sujets du pays Paisible, des Viandards, des Kalmars Kalmos… À la table de Stoïk et de la Compagnie des Chasseurs d'ambre, des Aphasiks et d'éminents représentants des Butors retors.

Ici, les jumeaux barjots.

Là, Eugène le Schizophrène.

Tronch le Burp, le vieil instructeur de Harold, un Hooligan unanimement respecté qui s'était toujours battu comme un diable pour protéger les siens. Pendant plusieurs dizaines d'années, il avait supervisé la formation des jeunes garçons de sa tribu dans le cadre du programme d'initiation à la piraterie.

Le vieux guerrier leva les yeux vers Harold. En découvrant le S tatoué sur son front, notre héros sentit sa gorge se serrer.

Qui avait osé commettre un tel sacrilège ?

Pour couronner le tout, il semblait évident que son mentor, à en juger par son regard torve, ne le reconnaissait pas plus que son père. Bon sang de bonsoir, avait-il changé à ce point ? Ne suffisait-il pas qu'il soit devenu un Exilé ?

Profondément abattu, Harold embrassa la cour du regard.

— Hum... vénérable Stoïk la Brute... bredouilla-t-il. N'y aurait-il pas parmi vous un garçon prénommé Findus ?

L'ancien chef des Hooligans hirsutes se tortilla nerveusement sur sa chaise.

— Findus ? Non, ça ne me dit strictement rien. Et toi, Tronch le Burp ?

Ce dernier secoua tristement la tête.

— Non, je n'ai jamais entendu ce prénom de ma vie.

Rustik

« Pardon ? s'étonna Harold. Jamais entendu ce prénom ? »

Allons bon. Pendant cinq ans, Findus avait suivi le Programme d'initiation à la piraterie sous les ordres de Tronch le Burp. Le vieil instructeur n'avait pu l'oublier, tant il s'était révélé exécrable dans toutes les disciplines, du lancer d'insultes au pillage organisé en passant par le crâne-ball, jeu traditionnel hooligan.

Tronch avait maintes fois fait part de sa détermination à hisser Findus au rang de guerrier, quitte à perdre la vie dans l'opération. En outre, Stoïk la Brute lui-même n'avait cessé de se plaindre de voir son fils entretenir des relations amicales avec un garçon aussi inapte. Comment pouvaient-ils prétendre n'en garder aucun souvenir ?

Non, assurément, quelque chose ne tournait pas rond.

À cet instant, Rustik le Morveux, le nouveau chef de la tribu des Hooligans hirsutes, poussa sa chaise en arrière et entama une tournée des tables.

Parbleu, il semblait en pleine forme.

S'il n'avait pas été aussi odieux et déplaisant, ç'aurait été un plaisir de le voir rayonner de la sorte.

Depuis sa prime enfance, Rustik avait rêvé d'occuper la place de chef de la tribu hooligan. Alvin avait exaucé ses prières, même s'il ne s'agissait désormais que d'un titre purement honorifique. Depuis lors, cet adolescent pompeux et vaniteux savourait chaque seconde de son existence.

Comme dopé par le regard admiratif de ses sujets, il semblait avoir gagné une bonne trentaine de centimètres. Il naviguait de table en table, plaisantait avec ses partisans, comme enivré de sa propre fatuité.

— Quelle belle bataille tu as menée, Rustik ! lança Enzo le Vizigros, l'un de ses plus fidèles séides. Combien de dragons as-tu terrassés ? Neuf, c'est bien cela ?

— Onze, je crois, mais tout le monde s'est admirablement comporté.

Lorsqu'il approcha de la table où se restauraient les membres de la Compagnie des Chasseurs d'ambre, il était de si bonne humeur qu'il ne chercha même pas à blesser son auditoire.

— Régalez-vous, les gars ! lança-t-il sur un ton désinvolte.

Stoïk la Brute (son oncle), Kroupgra la Brioche (son père) et Tronch le Burp (son ancien instructeur) prirent fort mal la chose. Ils n'appréciaient guère que ce morveux emploie l'impératif à leur endroit, alors qu'il aurait dû, en vertu des traditions, leur manifester le plus grand respect.

Leur regard blessé et leurs épaules affaissées trahissaient la honte qu'ils éprouvaient. Aux yeux de Harold, le spectacle de ces guerriers déchus avait de quoi briser le cœur. La société barbare était sens dessus dessous.

— Rustik, intervint-il, aurais-tu par hasard aperçu un garçon prénommé Findus ?

— Appelle-moi *Chef* Rustik, esclave, gronda l'intéressé, retrouvant soudainement sa mauvaise humeur coutumière.

Lui non plus ne reconnaissait pas Harold.

Stoïk la Brute   Tronch le Burp   Kroupgra la Brioche

Il le contempla d'un œil méprisant puis fronça son nez aux narines prodigieusement larges.

— Celui dont tu parles a disparu au cours de la Récolte, il y a quelques semaines. Oh, ce n'est pas une perte. C'était une mauviette de concours. Un peu comme toi, mais sans l'odeur pestilentielle...

Pas une perte...

Kroupgra la Brioche posa calmement sa cuiller. Il regarda son fils droit dans les yeux et prononça les mots que Harold redoutait d'entendre de la bouche de Stoïk :

— Rustik, j'ai honte d'être ton père.

Le jeune Viking blêmit. Il se recroquevilla imperceptiblement sur lui-même, comme si, l'espace d'un instant, il redevenait un petit garçon pris en faute par son père, son oncle et son instructeur, ces trois hommes devant lesquels il avait si longtemps essayé de briller.

Enfin, se reprenant, il leva le menton, plissa les yeux et lança sur un ton arrogant :

— Et pourquoi donc, mon cher papa ? Certes, j'ai fait de ce Findus un esclave, mais je ne suis pour rien dans l'infortune qui te frappe. C'est toi qui t'es mis dans cette situation, en refusant de prêter allégeance au roi Alvin.

97

— Nous sommes restés loyaux envers Stoïk, expliqua Kroupgra. Mais toi, as-tu seulement essayé d'intercéder auprès de ton prétendu roi pour améliorer les conditions de vie de ta tribu ?

— Pourquoi aurais-je fait une chose pareille alors que vous vous comportez comme de parfaits idiots ? Tu as honte de moi ? Eh bien, je te retourne le compliment ! Et tu devrais te réjouir de voir ton fils à la tête de la tribu. Tu n'as jamais accédé à cette fonction, que je sache ? Tu n'as jamais eu l'étoffe d'un meneur d'hommes.

Sur ces mots, il adressa une tape méprisante sur l'épaule de son père puis tourna les talons.

Tout cela n'avait rien de réjouissant. Rien de réjouissant du tout.

D'une main tremblante, Harold tâcha d'achever son repas.

« Disparu au cours de la Récolte ? Qu'est-ce que ça peut bien signifier ? Où Findus se trouve-t-il ? »

Une petite fille en costume d'ourson prénommée Hildegarde ↓

Une petite fille au regard triste et aux cheveux en bataille était assise à ses côtés. Elle portait un costume d'ourson boutonné de travers. Elle fixait notre héros intensément, comme si elle essayait de lire dans ses pensées.

— Nous n'avons pas le droit de parler des disparus, lâcha-t-elle. Ce n'est pas bon pour le moral.

« Les disparus ? Comment ça, les disparus ? »

— Fétide la Verrue, ton gilet est en feu, ajouta la petite fille.

Aaarg !

En baissant les yeux, Harold vit un panache gris jaillir de son encolure. Krokmou, qui grattait le ventre de son maître depuis cinq minutes pour lui signifier qu'il avait grand faim, avait décidé de recourir aux signaux de fumée.

Harold croisa les bras sur son torse en espérant endiguer le phénomène. Comment diable allait-il pouvoir expliquer que son gilet avait pris feu ?

Finalement, il bredouilla :

— Ce doit être à cause de toutes ces explosions. Une étincelle a dû tomber dans mon col… Mais tout va bien, à présent, l'incendie est maîtrisé.

Sur ces mots, il rafla les ultimes quignons de pain, moules et morceaux de fromage puis laissa tomber sa fourchette sur le sol.

— Oups, lança-t-il avant de plonger sous la table.

À l'abri des regards, il sortit les deux petits dragons de son gilet et s'adressa à Krokmou à voix basse, sans desserrer les dents.

— As-tu perdu la tête ? Si ces cinglés vous voient ici, vous finirez en sacs à main, sans l'ombre d'un doute !

— C'était un accident, mentit Krokmou. Lorsque j'ai f-f-faim, je ne contrôle plus mes trous à feu…

— Tenez, c'est pour vous, dit Harold en exhibant les victuailles chipées sur la table. Krokmou, je te demande une nouvelle fois d'être poli… Je sais qu'il n'y a pas grand-chose, mais tu dois partager équitablement ce pain et ces moules avec La Denture.

Dans le lugubre chaos de la prison du Cœur noir, il lui semblait plus que jamais important de respecter les bonnes manières.

Le petit dragon hocha la tête.

— Oui, oui, oui, je partagerai, c'est p-p-promis. Je serai très, très poli.

Harold lui remit la nourriture.

Krokmou se rua sur ces victuailles avec tant de précipitation qu'il manqua les moules, le pain et le fromage… et referma les mâchoires sur *la main de son maître*.

Qui était, par chance, trop grande pour être avalée tout rond.

Harold considéra l'animal avec stupéfaction.

Bonté divine, qui aurait imaginé qu'une créature aussi menue puisse ouvrir aussi grand la gueule ?

La queue entre les jambes et le regard coupable, Krokmou lâcha prise puis recula de deux pas, laissant la nourriture intacte.

— À t-t-toi l'honneur, La Denture, dit-il, l'air innocent, comme si rien d'inhabituel ne s'était produit.

Il laissa son vieux compagnon picorer quelques miettes de pain avant de revenir à la charge et de dévorer tout ce qui restait.

— Je vous prie de bien vouloir me pardonner, moules, dit-il, la bouche pleine. Désolé, pain… Je suis navré, fromage…

— Tout cela est fort bien dit, Krokmou, soupira Harold, mais il ne sert strictement à rien de présenter des excuses à la nourriture. **Même si je suis sensible à tes efforts, je tiens à le préciser.**

Soudain, un silence sépulcral s'abattit sur la grande salle de banquet.

Les Vikings la bouclèrent, tels d'appétissants animaux à fourrure détectant la présence d'une meute de prédateurs.

Enfin, alors que notre héros se tenait sous la table en compagnie de ses petits compagnons à écailles, un son familier parvint à ses oreilles. Aussitôt, ce fut comme si une colonie de scarabées se mettait à cavaler le long de son épine dorsale. Tous les poils de son corps se dressèrent à la verticale, comme les piquants d'un porc-épic.

Tchouk, toc, tchouk, toc, tchouk, toc…

… sur les dalles de pierre qui tapissaient la cour centrale.

Accroupi sous la table, Harold vit les jambes du nouveau venu s'immobiliser juste devant lui, si proches qu'il lui aurait suffi de tendre la main pour les toucher.

L'une de ces jambes était faite de chair.

L'autre avait été taillée dans l'ivoire.

Alvin le Sournois
(prétendant au trône de l'Ouest sauvage →

Compte tenu de sa position, notre héros ne pouvait apercevoir le reste de l'apparition. Et pourtant, quelle apparition ! Alvin le Sournois, probable futur Roi de l'Ouest sauvage, avait de quoi impressionner. C'était un authentique méchant dans toute la fleur de sa vilenie. Sa peau bourgeonnait de verrues, à la manière d'un arbre fruitier. Des tatouages d'inspiration macabre ornaient les membres qui lui restaient.

Précisons que ces membres n'étaient pas si nombreux que ça. Il lui manquait un bras, une jambe, le nez et l'œil droit. Ils avaient été remplacés par de splendides prothèses taillées ou fondues dans l'ivoire, l'or et l'argent pillés depuis que la guerre avait éclaté.

Soudain, on entendit un martellement discret évoquant le galop d'une bande de rats saisis de panique. *Quelque chose* venait de débouler dans la cour, une créature semblable à un grand dogue pâle et osseux.

Burgondofore la Sorcière, l'abominable mère d'Alvin

104

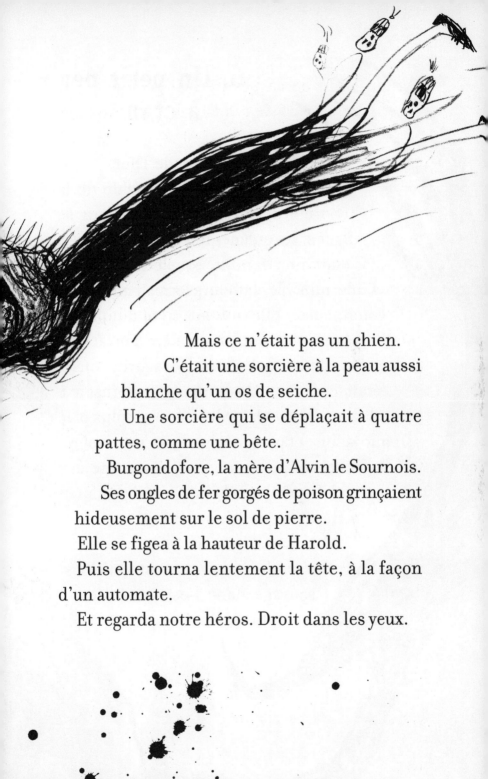

Mais ce n'était pas un chien.

C'était une sorcière à la peau aussi blanche qu'un os de seiche.

Une sorcière qui se déplaçait à quatre pattes, comme une bête.

Burgondofore, la mère d'Alvin le Sournois.

Ses ongles de fer gorgés de poison grinçaient hideusement sur le sol de pierre.

Elle se figea à la hauteur de Harold.

Puis elle tourna lentement la tête, à la façon d'un automate.

Et regarda notre héros. Droit dans les yeux.

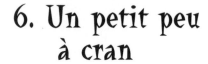

6. Un petit peu à cran

Oh, pour l'amour de Thor.

Confronté au regard vide de la Sorcière, Harold sentit son sang se figer et ses organes internes se liquéfier. C'était une femme squelettique, dont l'interminable chevelure formait une traîne cotonneuse. Elle n'avait rien d'humain. Vingt années durant, prisonnière d'un arbre-prison, elle avait vécu dans l'obscurité totale. C'était comme si la lumière se refusait à éclairer sa peau blafarde. Elle était plus pâle que la lune et plus méchante qu'une vipère, si courbée que son corps, de la tête aux pieds, formait une boucle quasi parfaite.

Harold était pris sur le fait.

Au cours des six derniers mois, Burgondofore avait écumé l'Ouest sauvage dans l'espoir de le capturer.

Et paf, voilà qu'il se trouvait
devant elle, sous une table du
réfectoire, à moins d'un mètre de
son nez couleur de cendres, en train
de nourrir deux reptiles au mépris des
nouvelles lois édictées par son fils.

La sorcière renifla à deux reprises.

— Des dragons… gloussa-t-elle, saisie
d'horreur. Des dragons…

Sur ces mots, elle lâcha un aboiement à
soulever le cœur.

Mais en vérité, Burgondofore, myope comme
une taupe, n'y voyait pas à trente centimètres.

Et de fait, elle ne distinguait ni Harold ni ses
petits complices à écailles. Mais elle percevait
le moindre mouvement.

« Ne bouge pas, Krokmou, pensa Harold, les
mâchoires soudées par la terreur. Ne bouge
pas… »

Pendant plusieurs minutes qui
semblèrent durer une

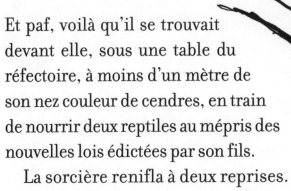

éternité, la Sorcière regarda dans sa direction.

Enfin, ses narines se dilatèrent, et elle huma l'air ambiant, la mine vaguement dégoûtée.

— C'est étrange, dit-elle. J'ai cru flairer des dragons, mais ce n'est qu'un esclave. Diable, comme il sent mauvais…

Là-dessus, cataploc, cataploc, elle se remit en route, suivie par son souverain de fils.

Thor soit loué, l'extrait d'Empuanteur avait sauvé la vie de Harold.

Tremblant de tous ses membres, il fourra La Denture dans son gilet.

À cet instant précis, la verrue de cire collée au bout de son nez se détacha. Il parvint d'extrême justesse à la ramasser avant que Krokmou ne l'avale tout rond. Les nerfs à vif, il la repositionna à la hâte, cala son dragon contre La Denture et reprit place à la table de la Compagnie des Chasseurs d'ambre.

La petite fille aux cheveux noirs et aux grands yeux las le dévisagea longuement.

Ses tristes prunelles avaient de quoi coller le bourdon.

— Tu es resté drôlement longtemps sous la table, dit-elle sur un ton suspicieux.

— Oui, je… je me reposais, bredouilla Harold.

— Je m'appelle Hildegarde, dit la fillette.

— Je suis enchanté de faire ta connaissance, Hildegarde, lança notre héros en serrant fébrilement sa petite main. Dis-moi, Hildegarde, qu'est-ce que c'est que cette histoire de Récolte ?

— Nous autres, esclaves des Champs d'ambre, participons à la Récolte tous les jours.

Elle s'exprimait sur un ton étonnamment adulte pour son âge.

— Dès que la mer commence à se retirer, un coup de corne retentit. Aussitôt, comme l'exigent Alvin et la Sorcière, nous nous éparpillons dans les dunes à la recherche de la Pierre-Dragon. Mais ils font fausse route, je le sais. Je participe à la Récolte depuis que je suis en âge de marcher, et je peux t'assurer qu'elle ne se trouve pas ici.

Oh, formidable.

— Au second coup de corne, chuchota Hildegarde, nous regagnons la prison. Enfin, sauf ceux qui…

— Sauf ceux qui quoi ?

— Sauf ceux qui sont emportés par le courant ou…

La fillette marqua une pause, tordit la bouche et ajouta :

— … par *quelque chose d'autre*.

À cet instant, Harold réalisa que les yeux noirs d'Hildegarde lui rappelaient quelqu'un… Mais qui ? Ça, il n'en avait pas la moindre idée.

— Depuis combien de temps vis-tu dans cette forteresse ? demanda-t-il.

— Depuis toujours.

Oh, pauvre Hildegarde.

Depuis toujours.

Mazette, ça faisait un bail.

— Ne t'inquiète pas pour moi, dit la fillette. Je me fiche pas mal de tout ça, parce que j'appartiens à la tribu des Nomades innommables, et que les Nomades innommables sont de vrais sauvages !

Sur ces mots, Hildegarde rabattit sa capuche d'ourson, plaça les mains à hauteur du visage à la façon d'un grizzli assaillant une proie innocente et cracha comme une bête fauve.

Sssssssss…

Les Nomades innommables sont de vrais SAUVAGES...

À la grande satisfaction de la petite fille, Harold fit mine d'être terrorisé.

Des fois, je m'effraie moi-même.

Hildegarde repoussa sa capuche et ajouta dans un souffle :

— Des fois, je m'effraie moi-même…

— Comme je te comprends, dit notre héros sur un ton admiratif. Dis-moi, n'aurais-tu pas, par le plus grand des hasards, une grand-mère très, très effrayante, elle aussi[1] ?

---

1. Les manières de la fillette rappelaient à Harold une vieille Nomade innommable rencontrée au cours d'une précédente aventure. De plus, cette inquiétante créature était accompagnée d'un petit garçon prénommé Petit-Grizzli qui, fait étonnant, portait une tenue d'ourson en tous points semblables à celle d'Hildegarde. Pour en apprendre davantage sur cet étrange duo, plonge-toi dans *Comment lutter contre un dragon cinglé*, le sixième tome des mémoires de Harold.

— Toutes les grands-mères de ma tribu sont effrayantes, répondit Hildegarde.

Tout à coup, la Sorcière bondit sur la table. Lorsqu'elle ouvrit la bouche, elle produisit un son souverainement déplaisant comparable au hurlement d'un doberman.

— IMBÉCILES ! cria-t-elle. LÂCHES ! IGNORANTS ! TRAÎNE-SAVATES ! OÙ EST MA PIERRE, BANDE D'EMPOTÉS ?

— Comme vous pouvez le constater, ajouta Alvin, ma mère est un petit peu à cran.

— Esclaves des Champs d'ambre… poursuivit Burgondofore, qui avait repris le contrôle de ses nerfs aussi soudainement qu'elle s'était emportée.

Elle s'exprimait désormais comme une personne calme et pondérée — ce qui n'était, bien évidemment, pas du tout le cas.

— J'ai enfin pu me procurer la carte de Barbe-Sale, dit-elle en exposant le document sur la table. Vous noterez l'emplacement de la Pierre, indiqué par cette flèche, quelque part entre le Labyrinthe de miroirs, l'Estuaire du Mal et la Prison du Cœur noir. Tout ce que je vous demande, c'est de la trouver, pour le salut de l'Ouest sauvage.

Elle marqua une pause avant de poursuivre d'une voix aigre :

— Mais je crains que vous ne manquiez quelque peu de motivation. Alors écoutez-moi attentivement, esclaves ! Celui qui me ramènera la Pierre ou, à défaut, cette petite saleté d'Exilé…

Harold se raidit. Par chance, les Vikings qui l'entouraient n'avaient d'yeux que pour la Sorcière, si bien que nul ne remarqua son trouble.

— … recevra le présent le plus précieux dont un esclave puisse rêver, à savoir… LA LIBERTÉ.

Un murmure parcourut la foule des Vikings. Pour se figurer l'effet que leur fit cette annonce, il suffit d'imaginer un malheureux perdu dans le désert découvrant une source d'eau fraîche.

— Liberté… mugirent-ils comme un seul homme. Liberté…

— Fermez les yeux, et imaginez tout ce que vous pourriez accomplir si nous ôtions vos fers…

Ces mots étaient admirablement bien choisis.

Les esclaves, qui ressemblaient désormais davantage à des épouvantails qu'à des êtres humains, furent aussitôt assaillis par des images évoquant un passé révolu. Le ciel bleu. Une chevauchée à dos de dragon. Une sortie en mer à bord d'un fier drakkar. Une maisonnette, un feu de cheminée, un village paisible, une petite île verdoyante. Le foyer familial.

Un endroit serein, à mille lieues de l'entrelacs de chaînes dans lequel ils trébuchaient à longueur de journée, des dunes désespérantes où ils devaient suer sang et eau, des murs souillés de suie où ils croupissaient.

— Et pour la Marque des esclaves ? brailla un Viking.

— Elle peut être effacée, répondit la Sorcière. Un processus un peu douloureux, je ne vous le cache pas, mais bien peu de choses, si l'on considère les bénéfices d'une remise en LIBERTÉ.

— Tu mens, n'est-ce pas, mère ? chuchota Alvin le Sournois à l'oreille de la vieille folle.

— Bien sûr que je mens, répondit-elle à voix basse. La Marque est absolument indélébile. Esclave un jour, esclave toujours.

Elle se tourna vers l'assistance.

— Demain, à l'issue de la Récolte, vous me rapporterez la Pierre. Je sais que vous en êtes capables !

Là-dessus, elle bondit de la table puis cavala hors du réfectoire.

Oh, cette sorcière…

Son fils et elle n'étaient vraiment pas très recommandables.

Non, vraiment, pas recommandables pour un sou.

La clé
↓

Le Bidule-qui-fait-tic-tac
↓

Alvin possédait huit
reliques royales.

La Couronne

Le Trône

Le
Cœur de pierre

L'Épée

Le
Bouclier

La
Flèche

7. Une histoire à grincer des dents

La petite Hildegarde conduisit Harold jusqu'à un dortoir obscur puis désigna une paillasse crasseuse.

— On dirait que quelqu'un a dormi ici récemment, fit observer notre héros.

— La place est libre, insista la fillette en secouant la tête, l'air plus morose que jamais. C'est là que couchait Petit Raté, avant. Mais plus maintenant.

Harold s'allongea sur la paillasse, se couvrit de la couverture élimée qu'il conservait dans son sac à dos puis sortit les deux petits dragons de son gilet. Là, à voix basse, il put enfin faire savoir à Krokmou ce qu'il pensait de son comportement.

— Regarde, tu as fait un trou dans ma chemise ! Quand donc cesseras-tu de te comporter comme un parfait idiot ?

Le reptile écarquilla ses grands yeux verts puis papillonna des paupières.

— Je n'y suis p-p-pour rien... marmonna-t-il, la bouche encore pleine de tissu, avant de désigner La Denture. C'est lui le coupable...

— Cesse de mentir ! chuchota Harold, exaspéré. Tu as des fils entre les crocs !

— Non, n-n-non, non ! nia le minuscule dragon...

... avant de tousser et de cracher involontairement l'un des boutons de son maître.

Harold et Krokmou considérèrent silencieusement la pièce à conviction.

Cette fois, l'insolent reptile afficha une mine coupable.

— J-j-je suis désolé, chemise, dit-il. Oh, tu as vu ? J'ai présenté mes excuses !

Il avala les ultimes morceaux de tissu restés coincés au fond de sa gorge puis ajouta :

— Je suis désolé, tissu. Je suis désolé, bouton. Je suis désolé, p-p-poche du gilet... Ça va ? J'ai bon ? Ai-je correctement avoué mes fautes et imploré le pardon ?

Harold poussa un long soupir.

À ce train-là, tous ses vêtements seraient bientôt mâchonnés ou criblés de trous.

Harold sortit la tête hors de la couverture et s'adressa à Hildegarde.

— Ce Petit Raté dont tu m'as parlé, où dort-il maintenant ?

La fillette fronça les sourcils.

Elle se remémorait tous ceux qui avaient occupé la paillasse de Harold.

— Avant Petit Raté, il y avait Gertrude la Prude, et ce garçon rigolo aux grandes oreilles dont je n'ai jamais connu le nom. Et avant eux, Raymond le Fripon. C'est sa bougie que tu tiens entre les mains en ce moment même.

Harold lâcha la chandelle, comme s'il craignait qu'elle soit empoisonnée.

— Et le courageux Sacha Petitbras, et...

— Mais qu'est-il arrivé à ces gens ? s'étrangla notre héros, épouvanté.

Hildegarde resta muette.

— Es-tu certaine de n'avoir oublié personne ? Un garçon prénommé Findus n'aurait-il pas occupé cette paillasse ?

Hildegarde tressaillit.

— Tu veux parler d'un freluquet aux cheveux frisés, aux lunettes cassées et au visage ressemblant à s'y méprendre à une tranche de cabillaud ? Celui qui rêve de devenir barde ?

— Oui ! s'exclama Harold. C'est lui, c'est Findus !

— Non, ça ne me dit rien, dit la fillette. Mais si j'avais eu la chance de le rencontrer, je crois que je me serais bien entendue avec lui.

— Mais tu viens de le décrire ! protesta notre héros. Tu le connais forcément. Findus est mon meilleur ami. Que lui est-il arrivé ? Où se trouve-t-il ?

La mine anxieuse, Hildegarde secoua la tête.

— Je ne peux rien dire. Il est formellement interdit de parler des disparus. Il paraît que ce n'est pas bon pour le moral.

Elle jeta un coup d'œil au-dessus de son épaule. Tandis que les esclaves gagnaient un à un leur couchette, la forteresse bruissait de chuchotements.

Hildegarde rabattit sa capuche d'ourson.

— Mais si tu veux, je peux te raconter une histoire, dit-elle, le front barré d'une ride. Une histoire très, très effrayante. Mais dis-toi bien qu'elle n'a aucun rapport avec ton ami Findus. Non, non, non, non, non... Elle concerne... quelqu'un d'autre. Cette histoire s'appelle : *Les deux petits esclaves et la créature des Champs d'ambre*.

POUF ! Sur ces mots, un courant d'air souffla la bougie.

Imagine à présent, cher lecteur, les chuchotements d'Hildegarde résonnant en écho contre les parois du dortoir, semblables à la plainte d'un esprit prisonnier de l'au-delà.

Imagine-la, assise sur le sol de pierre dans sa tenue d'ourson, tâchant de donner vie à son récit en remuant les bras dans tous les sens.

Imagine les rayons de lune jouant avec sa silhouette et projetant des ombres immenses sur les murs de la prison...

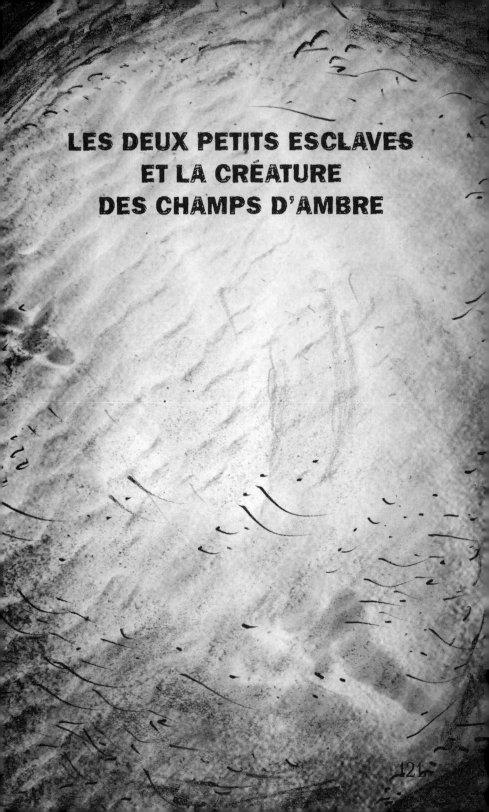

LES DEUX PETITS ESCLAVES
ET LA CRÉATURE
DES CHAMPS D'AMBRE

— Il était une fois deux esclaves, un garçon et une fille, qui parcouraient les Champs d'ambre à bord de leurs chars à voile, à proximité de l'Estuaire du Mal.

— Oh... par pitié, faites-la t-t-aire... gémit Krokmou, terré sous la couverture. Je sens qu'elle va raconter des choses abominables, comme si cette forteresse n'était pas assez angoissante...

Mais plus rien, désormais, ne pouvait arrêter Hildegarde. C'était comme si elle ne pouvait plus garder pour elle cette histoire, comme si une force impérieuse lui commandait de la partager.

Harold était impatient de l'entendre, car il soupçonnait la fillette de lui avoir menti. Et si c'était bien de Findus qu'il était question dans ce récit ?

Malgré son jeune âge, Hildegarde était une excellente conteuse. Son vocabulaire était riche, digne d'un adulte. Peut-être avait-elle mûri plus vite que les autres enfants au contact de la population de la prison. Peut-être était-ce là une qualité propre à la tribu des Nomades innommables.

— La marée était basse, chuchota Hildegarde, si basse que les dunes écarlates s'étendaient aussi loin que portait le regard. Au nord, au sud, à l'ouest et à l'est, on ne voyait que du sable.

« Du sable, partout. Du sable et un silence à glacer le sang.

« Pas un cri de mouette, rien. Les oiseaux ne s'aventuraient jamais en ces lieux maudits, car ils savaient qu'une créature redoutable y était tapie.

« Les deux petits esclaves filaient sur leurs chars à voile en direction de l'est, scrutant l'horizon comme s'ils avaient le diable à leurs trousses. Pourtant, il n'y avait pas âme qui vive à des lieues à la ronde. De temps à autre, ils faisaient halte afin de ramasser une pierre d'ambre à l'aide de leur épuisette.

« Ces joyaux étaient d'une beauté irréelle. Certains, légers comme des plumes, avaient la couleur du miel. D'autres ressemblaient à des pépites d'or ou à des gouttes de lait. D'autres encore étaient rouges comme le corail.

« C'était là les plus belles pierres d'ambre du monde barbare. D'innombrables héros avaient perdu la vie pour dénicher une rareté digne de sertir le diadème d'une princesse viking ou le sceptre d'un roi. C'est à marée basse que l'on faisait les trouvailles les plus renver-santes, mais c'était aussi l'instant le plus périlleux de la journée.

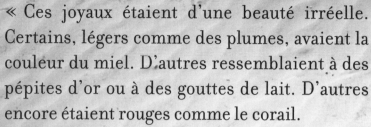

« Ils filaient toutes voiles dehors, leurs hottes d'osier pleines à cra-quer, le sable bruissant sous les roues de leurs chars.

Oui, ils filaient, car il n'était pas question de faire demi-tour… puis, ils firent halte, comme s'ils avaient été frappés par une volée de flèches.

« Car ils venaient d'apercevoir des taches sombres sur le sable mouillé. Des empreintes qui formaient des flaques et s'étendaient sur des kilomètres, scintillant au soleil matinal, semblables à des mares de sang.

« Ces empreintes étaient celles…

« … d'un GIGANTESQUE…

« … dragon.

Krokmou lâcha une plainte aiguë.

« Les deux petits esclaves eurent la nette impression que leur cœur venait de cesser de battre.

« Et il faut bien avouer que la chance semblait les avoir abandonnés.

« Ils n'avaient, pour être tout à fait clair, plus la moindre chance d'en réchapper.

« Après avoir échangé un ultime soupir accablé, ils enfouirent leur visage entre leurs mains puis se roulèrent sur le pont de leurs chars. Le garçon ferma les yeux et s'efforça d'imaginer qu'il se trouvait dans son village, dans le confort de sa hutte. La petite fille, elle, l'aurait volontiers imité, si seulement elle avait eu un village auquel penser.

« C'est à cet instant précis que le garçon se souvint qu'il avait jadis suivi des cours d'initiation à la piraterie, bien avant d'être réduit en esclavage, et que la fille se souvint qu'elle était par nature extrêmement courageuse.

« Aussi les deux enfants se redressèrent fièrement, bravèrent les empreintes du regard et leur lancèrent un geste de défi.

Joignant le geste à la parole, Hildegarde serra ses petits poings et les secoua rageusement dans les airs. D'une taille démesurée, son ombre évoquait la silhouette d'un titan.

— Je n'aime p-p-pas du tout cette histoire, chuchota Krokmou.

— À vrai dire, moi non plus, je n'aime pas cette histoire, s'étrangla Harold, oubliant que son dragon n'était pas censé se trouver en ces lieux.

— Je peux m'en tenir là, si tu préfères, dit Hildegarde, toute dépitée, en laissant tomber les bras le long de son corps.

Mais Harold n'avait guère le choix. Malgré l'angoisse qui l'étreignait, il fallait se résoudre à entendre la fin de ce récit.

— Non, non, soupira-t-il. Continue…

— Donc, poursuivit Hildegarde, les petits esclaves sautèrent de

leurs chars à voile afin
d'examiner les traces. À cet instant
précis, la plage fut agitée d'un infime mouvement,
juste dans leur dos.

« Le phénomène se produisit dans le silence
absolu : un minuscule geyser, une infime
éclaboussure de sable. Puis quelque chose
émergea. De quoi pouvait-il s'agir ? Oh, quelle
apparition incongrue…

« C'était un *œil*, posé sur la grève, qui
papillonnait à intervalles réguliers. Et ce globe
oculaire semblait avoir été arraché à un géant. Il
s'éleva lentement,
suivi de quatre
appendices iden-
tiques, semblables à
des périscopes.
Comble de
l'étrange,
ils étaient enchâssés à
l'extrémité de longs doigts
reptiliens qui formaient
une gigantesque
serre de
dragon.

« Cette serre demeura immobile, ses cinq yeux de cauchemar braqués sur le garçon.

« Agenouillés devant une empreinte, les petits esclaves sentirent une présence derrière eux. Les cheveux dressés sur la nuque et la peau parcourue de picotements alarmants, ils firent lentement volte-face…

— Tu me fous la trouille, Hildegarde, bégaya Harold.

— Je n'en mène pas large non plus, chevrota La Denture.

— Je n'en p-p-peux plus, couina Krokmou, qui avait plaqué ses ailes sur ses oreilles. Qu'elle se taise, à la fin ! Mordez-la, je vous en supplie !

— Ce serait fort discourtois, réprouva l'antique reptile.

— Allez, quoi… Une toute p-p-petite morsure. Pas très profonde. Juste pour qu'elle arrête.

Mais rien désormais ne pouvait plus interrompre Hildegarde.

— Aaaaarggggghhhh ! hurla-t-elle en bondissant aux quatre coins de la salle. Aaaaaaaarrrghhh !

Ces hurlements étaient si perçants que Harold s'étonna qu'aucun des esclaves présents dans le dortoir n'élève une protestation, mais les pauvres bougres, qui avaient vécu une journée éreintante, continuèrent à ronfler comme des sonneurs.

— Les petits esclaves bondirent à bord de leurs chars, déployèrent précipitamment les voiles et filèrent droit devant eux sans cesser de souffler dans leurs sifflets d'alarme. La créature s'était lancée à leurs trousses, et la plage était désespérément déserte.

« La serre avait disparu, mais cinq petites bosses étaient visibles sous le sable, les suivant sans se presser, se contentant de ne pas se laisser distancer.

La fillette remuait les bras dans tous les sens, comme si elle essayait de conjurer un cauchemar, ou dirigeait une symphonie sauvage, accélérant le tempo à chaque mesure.

— Tandis que la fille et le garçon manœuvraient leurs gouvernails, les cinq bosses, elles, suivaient paisiblement leur sillage en attendant qu'ils se fatiguent.

« Des heures durant, les petits esclaves ne croisèrent pas un arbre auquel grimper, pas un être humain à qui demander de l'aide. Cette maudite plage semblait s'étirer à l'infini.

« Quand soudain...

Harold, Krokmou et La Denture se penchèrent en avant, saisis d'horreur...

Hildegarde cessa momentanément d'agiter les bras. Elle avala sa salive avant de continuer son récit d'une voix sépulcrale.

— Parvenus dans la partie orientale de l'Estuaire du Mal, en cet endroit où se dresse un rocher évoquant à s'y méprendre le doigt d'une sorcière tendu vers le ciel, le char à voile du garçon heurta la structure métallique d'un piège à dragon sommairement enfoui dans le sable.

« Le véhicule se retourna et s'immobilisa brutalement.

« Se sachant perdu, le pauvre garçon se roula en boule.

« Lentement, prudemment, la serre aux yeux monstrueux émergea des sables, aux pieds de sa victime.

« Le jeune esclave demeura inerte.

« L'appendice se referma autour de sa cheville puis, sans se presser, centimètre par centimètre, l'entraîna on ne sait où, dans les profondeurs de la terre.

Harold et ses dragons observèrent un silence funèbre. Hildegarde, vidée de toute énergie, peinait à reprendre son souffle.

— Et qu'est-il arrivé à la petite esclave ? soupira notre héros.

— Elle a réussi à regagner la prison.

La fillette ôta sa capuche d'ourson.

Sous la couverture, Krokmou et La Denture lâchaient des plaintes lugubres. À l'évidence, ils n'avaient pas, mais alors pas du tout apprécié la fable d'Hildegarde.

— Quelle triste histoire, grogna Harold. Ainsi, le garçon ne s'en est pas sorti ? Ne pourrais-tu pas modifier légèrement ton récit, et lui apporter une conclusion heureuse ?

— Si je vivais dans un endroit moins sinistre, je pourrais sans doute raconter des histoires plus gaies.

Décidément, tout cela ne sonnait pas très agréablement aux oreilles de notre jeune Viking.

— Mais dis-moi, il ne s'agit pas d'une anecdote authentique, n'est-ce pas ? demanda-t-il.

« Oh, Thor, fais en sorte qu'il ne s'agisse pas d'une anecdote authentique. »

Hildegarde resta muette.

— Rassure-moi, insista Harold. Dis-moi que ce garçon disparu dans les sables n'était pas Findus. Dis-moi que tu n'as aucun rapport avec cette jeune esclave.

Dans la salle, tout n'était que silence et ténèbres.

— Je ne peux rien ajouter, répondit Hildegarde. Je n'ai pas le droit de miner le moral des prisonniers.

Harold eut beau la supplier, elle se refusa à ajouter un seul mot.

On n'y voyait pas à un mètre. On n'entendait pas un son. Bientôt, un ronflement discret se fit entendre à proximité de la couche de notre héros : la petite fille, soulagée d'avoir pu se libérer d'une histoire trop longtemps gardée sous silence, avait sombré dans un profond sommeil.

Mais Harold et ses complices, eux, gardaient les yeux grands ouverts, l'oreille dressée. Ils restaient à l'écoute des sons provenant de l'extérieur de la prison. Car l'armée des dragons rebelles, comme toutes les nuits, prenait d'assaut les murailles.

— *Tu ne penses p-p-pas sérieusement qu'il s'agit d'une anecdote authentique, n'est-ce pas, maître ?* chuchota Krokmou, ses grands yeux luisant comme des fanaux dans l'obscurité.

Harold aurait été ravi de pouvoir répondre par l'affirmative.

— Je n'ai jamais entendu parler d'un semblable monstre, répondit-il. Mais on prétend que des créatures bizarres hantent les Champs d'ambre, des êtres demeurés si long-temps coupés du reste du monde barbare qu'elles ont développé des particularités uniques. Parmi ces espèces endogènes, on cite notamment les Croque-gambettes et les Flingueurs... Mais je n'ai jamais, au grand jamais, entendu parler d'un monstre aux serres garnies de globes oculaires...

— Donc, nous pouvons en déduire que cette histoire n'était qu'une fable un peu macabre, ajouta La Denture, au grand soulagement de Krokmou.

Quelques minutes plus tard, mû par un réflexe protecteur, le vieux dragon referma ses ailes sur son jeune compagnon à écailles, puis tous deux s'endormirent comme des souches.

Harold, lui, resta éveillé.

« Et si l'histoire d'Hildegarde était authen-tique ? pensa-t-il. Et si Findus avait réellement connu ce sort funeste ? Oh Thor, faites qu'il n'en soit rien... »

Mais notre héros n'était pas de ces Vikings qui se laissent aller à la mélancolie.

« Si c'était le cas, Findus aimerait que je garde espoir. »

Harold était jeune et optimiste. Au bout du compte, il parvint à se persuader que le récit qu'il venait d'entendre n'était qu'un conte extrêmement captivant. Le sourire aux lèvres, il tomba dans les bras de Morphée…

Qu'est-ce qui se cache sous le sable ?

Où est Findus ?

Où est Findus ? Où est Findus ??? ???

Le Croque-Gambettes

STATISTIQUES

EFFET TERREUR : ... 5

MOYENS D'ATTAQUE : ... 4

VITESSE : ... 2

TAILLE : ... 1

Le Croque-gambettes passe le plus clair de son temps tapi sous les sables des Champs d'ambre. À la moindre vibration, il bondit à la verticale et referme ses puissantes mâchoires sur tout ce qui se présente, sans discrimination, avant de battre en retraite sous la surface.

8. La Récolte

Le lendemain matin, dès l'aube, les esclaves se réunirent dans la cour centrale.

Krokmou, qui avait fort mal dormi, jeta un œil terrifié hors du gilet de son maître.

— J-j-je ne veux pas p-p-participer à la Récolte...

Harold n'était guère plus enthousiaste.

— OUVREZ LA GRILLE DES CHAMPS D'AMBRE ! tonna Alvin le Sournois.

C-CCCRAAAC.

Lorsque l'immense herse se fut ouverte en grinçant sur l'est de la Prison du Cœur noir, Harold put contempler pour la première fois cette plage de sable écarlate qui, la mer s'étant retirée, semblait ne pas avoir de limites. Elle était ceinte d'une muraille qui se perdait à l'horizon.

— CREUSEZ COMME DES DAMNÉS ! hurla Alvin le Sournois. CHERCHEZ, SCRUTEZ LES SABLES JUSQU'À CE QUE LES YEUX VOUS TOMBENT DES ORBITES ! Mais tâchez tout de même d'être prudents... Nous avons perdu bon nombre d'esclaves, ces derniers temps.

Un coup de trompe retentit. BROOON !

— QUE LA RÉCOLTE COMMENCE !

Près de la grande grille de l'Est, à l'écart du fatras d'armes et de pièges, une armada de chars à voile était stationnée. Les Vikings se précipitèrent vers les véhicules dans le plus grand désordre. Chacun souhaitait être le premier à découvrir la Pierre-Dragon, car c'était là le seul espoir de recouvrer la liberté.

— Pas d'affolement, membres de la Compagnie des Chasseurs d'ambre ! gronda Stoïk la Brute. Nous avons tout notre temps.

Aussi les membres de sa compagnie attendirent que leurs compagnons de captivité, qui manquaient singulièrement de dignité, aient joué des coudes avant d'embarquer.

Hildegarde prit Harold par la main et désigna l'un des chars.

— Celui-là est libre, dit-elle.

Harold sentit ses entrailles se serrer.

— Qu'est-il arrivé à son *précédent* propriétaire ? demanda-t-il, même s'il avait déjà sa petite idée sur la question.

— Désolée, mais je ne peux rien dire, répondit la fillette, dont les yeux semblaient hurler « Il a disparu-u-u-u-u ! ».

— Je comprends, conclut notre héros. Ce ne serait pas bon pour le moral.

Le char à voile qui lui avait été attribué était un engin branlant aux essieux de guingois. Il était équipé d'un panier d'osier destiné à recueillir les pierres d'ambre, et d'une épuisette montée sur une longue perche toute tordue.

Pour se donner du courage, et pour se souvenir du temps où il vivait libre et heureux, il sortit de son sac un morceau de craie et traça l'inscription *Le Macareux belliqueux II* à l'avant de la coque. C'était un hommage au petit bateau à bord duquel il avait appris les rudiments de la navigation à voile, dans les eaux territoriales de l'île de Beurk, des années plus tôt. Bien avant la guerre…

— Tu devras en prendre grand soin, expliqua Hildegarde, parce que si tu connais une avarie, tu n'auras aucun moyen de regagner la prison avant que la marée ne recouvre la plage.

Chaque compagnie d'esclaves fut placée sous bonne garde. Alvin chargea Rustik de chaperonner la Compagnie des Chasseurs d'ambre.

— Mais je suis un chef de tribu et un tueur de dragons ! protesta ce dernier. Je ne fais pas partie du personnel pénitentiaire ! Ma mission, c'est de combattre à vos côtés, Sire. Je suis une pièce maîtresse de votre armée. Prendrez-vous le risque de me voir disparaître dans ces sables maudits ?

— Silence ! brailla Alvin. T'aviserais-tu de contester mes ordres, chef Rustik ?

Ce dernier jugea plus sage de la boucler. Il n'était pas complètement idiot. Il savait quel sort son maître réservait à ses sujets désobéissants.

— Je te remercie, ronronna Alvin. Nous avons récemment perdu bon nombre de gardes et nous devons trouver la Pierre au plus vite. Ma mère l'a vue en rêve. Selon elle, le temps presse.

Et c'est ainsi que Rustik dut s'acquitter de cette tâche ingrate.

— Écoutez-moi bien, tas de vauriens ! Vous avez entendu Alvin ? Scrutez les sables jusqu'à ce que les yeux vous tombent des orbites ! Stoïk, Tronch et Kroupgra, tâchez d'en mettre un coup. Je ne laisserai pas trois vieillards ralentir nos recherches.

Aussitôt, toutes voiles dehors, la Compagnie rejoignit la formidable flottille.

À intervalles réguliers, un groupe s'en détachait afin de creuser un trou ou de tamiser le sable à la recherche du joyau tant convoité. L'armada se dispersa progressivement, à mesure que les chars faisaient route vers l'Est.

Enfin, les membres de la Compagnie des Chasseurs d'ambre ne virent plus un char à l'horizon.

Des heures durant, ils sillonnèrent la plage immense, s'aventurant à des lieues et des lieues de la forteresse.

Alors que la mer continuait à se retirer, le sable encore humide produisait d'étranges glouglous et d'inquiétants gargouillis. Aussitôt, l'imagination de Harold se mit à galoper. Et s'il y avait quelque chose LÀ-DESSOUS, quelque chose en état de gestation ? Et si le sable s'apprêtait à accoucher de quelque monstruosité ?

Des Croque-gambettes pouvaient fort bien se terrer dans les profondeurs… ou des Flingueurs… ou bien pis encore…

Ses compagnons d'infortune semblaient partager son inquiétude. Extrêmement nerveux, ils ne cessaient de tourner la tête, essayant vainement d'embrasser d'un seul regard pano-ramique l'ensemble de leur environnement.

142

Krokmou et La Denture observaient discrètement la scène depuis le gilet de Harold.

— Penses-tu qu'Hildegarde d-d-disait vrai? geignit Krokmou. Y a-t-il vraiment un monstre sous cette plage?

— N'aie crainte, mon jeune ami, répondit La Denture. S'il apparaît, nous ferons en sorte de le raisonner. Nous autres, les dragons, sommes tellement plus civilisés que les humains...

« Tout cela est bien beau, pensa Harold, mais quelque chose me dit que ce dragon-là n'est ni très civilisé, ni très facile à raisonner. »

Le chef Rustik éprouvait quelque difficulté à rester au contact des esclaves placés sous sa surveillance, dont les chars filaient vitesse grand V.

Comme tous les séides d'Alvin, on lui avait attribué un véhicule imposant et sophistiqué dont il ne maîtrisait pas encore les commandes.

Même Harold se déplaçait plus rapidement que lui, malgré la direction faussée du *Macareux belliqueux II*, qu'il était parfaitement impossible de maintenir en ligne droite. (Avec ses zigzags incessants, son comportement était comparable à celui du *Macareux belliqueux I*, cette vaillante coquille de noix qui, en raison d'un fâcheux défaut de conception, n'avait jamais pu se déplacer qu'en décrivant des cercles concentriques.)

— Stop ! cria Rustik en faisant tournoyer son fouet au-dessus de sa tête. Moins vite ! Attendez-moi !

Mais les Chasseurs firent la sourde oreille, si bien qu'il ne cessa de perdre du terrain.

Tant de terrain, à dire vrai, que lorsque la Compagnie atteignit enfin les confins de l'Estuaire du Mal, loin, très loin à l'est des Champs d'ambre, Stoïk, en son absence, dut prendre les choses en main. Et il n'avait rien perdu de sa prestance de chef.

— Compagnie des Chasseurs d'ambre ! tonna-t-il. Nous sommes peut-être des esclaves, mais j'entends bien prouver que nous sommes les meilleurs d'entre eux !

À ces mots, même Hildegarde, de caractère pourtant morose, redressa fièrement la tête.

— Présentez votre matériel pour l'inspection ! ordonna Stoïk.

Ce pathétique alignement de chars à voile perdus parmi les dunes rouge sang avait un petit quelque chose d'héroïque, tout comme ces Vikings en haillons, raides comme des piquets, qui s'apprêtaient à présenter fièrement leurs effets.

Stoïk passa calmement ses maigres troupes en revue, tout comme autrefois, sur l'île de Beurk, lorsqu'il présidait à la destinée de la tribu des Hooligans hirsutes.

C'est à cet instant que Rustik rejoignit la Compagnie, à bout de souffle, rompu par les coups d'avirons de secours qu'il avait dû enchaîner à une cadence infernale pour essayer de rester au contact des esclaves dont il avait la charge.

— Comment oses-tu... haleta-t-il en secouant son fouet. Pouf, pouf... C'est un acte de mutinerie... C'est *moi*, le responsable de cette expédition, pas *toi*, Stoïk ! Il vous faut récolter autant de pierres d'ambre que possible, feignasses d'esclaves, alors mettez-vous au boulot illico ! Peut-être, parmi elles, se trouvera-t-il celle que recherche la Sorcière. Pour ce qui me concerne, je demeurerai ici, avec deux ou trois d'entre vous pour me servir de gardes du corps. Les autres, dispersez-vous. Et gardez bien à l'esprit que vos vies ne comptent pas. Stoïk, lorsque nous serons de retour à la prison, je te collerai un rapport.

Alors, un événement imprévu se produisit.

Tronch le Burp fit un pas en direction de Rustik puis, d'un geste vif, lui arracha son fouet.

— Il se trouve que nous ne sommes pas dans ta fichue prison, dit-il. Tant que nous nous trouverons sur cette plage, nous n'obéirons qu'aux ordres de Stoïk.

Sur ces mots, il croisa les bras et considéra son interlocuteur d'un œil sévère. Constatant que

Gloups...

Nous n'obéirons qu'aux ordres de **Stoïk**

Tronch n'avait pas l'air de plaisanter, Rustik eut toutes les peines du monde à avaler sa salive.

De l'endroit désolé où la Compagnie avait fait halte, on n'apercevait plus la forteresse. Rien que du sable, où que se portât le regard. À y regarder de plus près, si certains des esclaves dont Rustik avait la charge n'étaient pas de toute première jeunesse, ils restaient de vieux guerriers dont il connaissait les talents de combattants.

Détail non dénué d'importance, il était seul contre quinze de ces brutes expérimentées.

— Mais tôt ou tard, nous devrons regagner la prison, bégaya-t-il. Et lorsque nous serons de retour, Tronch, je ferai en sorte que tu paies de ta vie cet acte de mutinerie…

Tronch lâcha un soupir méprisant, comme si ces menaces avaient été prononcées par un moucheron. Il se tourna vers Stoïk et lui adressa le salut traditionnel hooligan.

— À vos ordres, chef !

146

— Merci à toi, soldat Tronch, dit Stoïk la Brute, très digne, droit comme un I, chef des orteils à la pointe des cheveux.

Comme par magie, il était redevenu le leader des Hooligans hirsutes, ce dirigeant jadis incontesté que la Marque des esclaves avait réduit à l'impuissance et à l'infamie. Il rendit son salut à Tronch.

Les Chasseurs d'ambre applaudirent à tout rompre. Stoïk s'inclina solennellement devant eux. Harold était aux anges. C'était une joie indicible que de voir son père revenir aux manettes, ne fût-ce qu'un bref instant.

Stoïk la Brute, celui-dont-nul-n'entendait-le-nom-sans-trembler, s'accorda quelques secondes de réflexion.

Sans doute valait-il mieux rester groupés, au cas où *quelque chose* leur tomberait sur le râble. (À vrai dire, il préférait ne pas trop réfléchir à la nature exacte de ce *quelque chose*.)

Mais d'un autre côté, s'ils découvraient la Pierre-Dragon, ils retrouveraient la liberté, comme l'avait promis la Sorcière…

Stoïk laissa cette idée se frayer un chemin parmi ses neurones déjà passablement surchauffés.

La liberté. La dignité. Peut-être pourrait-il redevenir un chef à part entière, qui sait ?

Peut-être ne serait-il même pas obligé de narrer ce lamentable épisode à son épouse Valhallarama. Finalement, elle ne fréquentait que rarement le domicile conjugal. Il lui suffirait de dissimuler la Marque des esclaves sous son casque, à la manière de Harold, et elle ne soupçonnerait même pas son infortune...

Stoïk ferma les yeux et se laissa pénétrer de cette idée un peu folle. Quel moment délicieux... Puis il ouvrit les paupières et réalisa qu'il se trouvait toujours dans ces maudits Champs d'ambre battus par les vents.

Il leva les yeux vers l'astre du jour.

— Quelle belle journée ! La visibilité est excellente ! Peut-être devrions-nous former des groupes et nous séparer. De cette façon, nous couvrirons une superficie plus importante. Hildegarde et Fétide, avec moi. Voyons si nous pouvons venir à bout de cet incroyable cycle de malchance.

Stoïk adressa un sourire un peu las à la jeune esclave.

— Qu'en penses-tu, ma petite ?

Cette dernière rabattit sa capuche jusqu'au menton, si bien que sa voix était à peine audible.

— Je n'ai pas peur, grogna-t-elle. C'est ce

monstre à la gomme qui ferait mieux de se méfier, car nous autres, les Nomades innommables, sommes des êtres absolument effrayants.

Pour appuyer son propos, elle plaça les mains à hauteur de son visage.

— Roarrr! rugit-elle en courbant les doigts, comme s'il s'agissait de griffes.

Tous les membres de la Compagnie des Chasseurs d'ambre firent mine d'être effrayés.

— Houlà! lâcha Tronch, en titubant en arrière. Fais attention, Hildegarde, j'ai frôlé la crise cardiaque!

La petite fille était ravie de son petit effet.

— Est-ce que tout le monde a son sifflet d'alarme? demanda Stoïk.

Tous les Chasseurs d'ambre hochèrent la tête. En effet, chacun d'eux avait autour du cou, suspendu à une ficelle, un sifflet en bois d'élan.

— Donnez l'alerte si vous êtes en danger, et nous viendrons à votre secours. Gardez les yeux ouverts, au cas où ce-que-vous-savez déciderait de passer à l'attaque. Je dirais qu'il nous reste… voyons voir…

Stoïk leva les yeux vers le soleil.

— Disons… quatre heures avant que la mer ne remonte. Écoutez-moi bien, c'est important : si l'un de vous trouve la Pierre-Dragon, ceux qui l'accompagnent devront rester à ses côtés afin d'assurer sa sécurité. N'oubliez pas ce que nous pourrions obtenir : la liberté, le bien le plus précieux qui soit !

— La liberté ! répétèrent en chœur les Chasseurs d'ambre en brandissant leurs épuisettes.

J'ai un rôle important à jouer dans le futur royaume de l'Ouest sauvage

— Une petite seconde, bafouilla Rustik le Morveux, tandis que les Vikings s'apprêtaient à réembarquer. Vous n'allez tout de même pas me laisser sans escorte ? Cessons de nous mentir. Nous savons tous qu'il y a *quelque chose* dans les parages.

Il balaya les dunes écarlates du regard.

— Quelque chose qui s'empare des esclaves et des gardes… J'ai un rôle important à jouer dans le futur royaume de l'Ouest sauvage. Je ne peux pas me permettre de disparaître.

— Oh, tu n'as nullement besoin d'escorte, chef Rustik, sourit Tronch le Burp. Qui voudrait mâcher un individu dans ton genre ? Non, vraiment, je doute que tu sois comestible.

150

— Je vous ordonne de rester à mes côtés !
Obéissez ou je… ou je…

— Ou tu *quoi* ? demanda l'ancien instructeur
en haussant un sourcil.

Ulcéré, Rustik sauta dans son char.

— Je m'en vais de ce pas dénoncer cette
mutinerie ! lâcha-t-il, ivre de rage, avant de
hisser la voile et de mettre le cap sur la prison.

Les vieux guerriers basculèrent la tête en
arrière et s'abandonnèrent à un généreux éclat
de rire. Par jeu, Tronch le Burp patienta
quelques secondes puis, à la seule force de ses
avirons de secours, rattrapa Rustik le
Morveux, nouveau chef de la tribu
des Hooligans
hirsutes.

Parvenu à sa
hauteur, il tendit une
main semblable à une
patte de grizzli et retourna le
char du jeune impudent aussi
facilement que s'il s'agissait d'une
tortue de jardin.

La proue du véhicule se planta violemment dans le sol. Propulsé dans les airs, Rustik enchaîna une série de sauts périlleux puis s'étala à plat ventre sur la plage.

— Comment oses-tu ! bredouilla-t-il, au comble de l'indignation, la bouche pleine de sable. Tu as endommagé mon char !

— J'ai endommagé ton char, en effet, et j'ai bien l'intention de finir le boulot.

Sur ces mots, il posa un pied sur la coque, pesa de tout son poids et la traversa de part en part. CRAAAC !

Frouf ! Frouf ! Frouf ! Dans un bruissement de voiles, les autres véhicules s'immobilisèrent en arc de cercle autour de Rustik. Leurs pilotes prirent soin de freiner brutalement de façon à lui projeter du sable au visage.

— Père ! lança l'adolescent, saisi d'une sainte frousse. Allez-vous laisser faire ça ?

— Ah, parce que je suis ton père, maintenant ? grogna Kroupgra la Brioche. À en croire tes précédentes déclarations, je n'étais pourtant qu'un vieil esclave sans importance…

— Jadis, j'ai été ton instructeur, petit, lança Tronch le Burp, les mains sur les hanches. Et aussi invraisemblable que cela puisse paraître, tu étais mon élève préféré.

Rustik tressaillit.

— Tiens, puisque tu parlais de trahison… poursuivit Tronch. Il me semble que tu as trahi tous ceux qui se trouvent ici, ces membres de ta propre tribu qui comptaient sur toi pour les protéger et présider avec sagesse à leur destinée. C'est pourquoi j'ai décidé de redevenir ton professeur, pendant quelques heures, en espérant que tu sois encore capable d'apprendre quelque chose… La leçon du jour : comment se comporter comme un chef digne de ce nom.

Rustik sentit sa gorge se serrer.

— Comme tu le vois, nous nous trouvons au milieu de nulle part, dit l'instructeur. Ton char est hors d'usage, et il est impensable de regagner la prison à pied avant d'être emporté par la marée. Ton seul espoir, c'est de convaincre l'un de nous de te laisser embarquer dans son véhicule.

Rustik commençait à mesurer la gravité de la situation dans laquelle il s'était fourré.

— Nous allons te laisser seul un petit moment, et tu en profiteras pour méditer la question suivante : qu'as-tu accompli dans l'exercice de tes fonctions de chef qui pourrait inciter l'un de nous à sauver ta misérable vie ?

Le silence. Rien que le silence.

Rustik considéra le visage fermé des Chasseurs d'ambre.

— Et je te conseille de trouver un argument convaincant, conclut Tronch. Car la personne qui, si Thor le veut, acceptera de te prendre à son bord devra avoir une excellente raison, vu que ton poids réduira considérablement la vitesse de son char. Au revoir, Rustik, et réfléchis bien.

Là-dessus, les véhicules se dispersèrent.

Le jeune chef demeura seul, l'épée brandie, planté dans le sable près de l'épave de son char.

Alors, il commença à réfléchir.

9. L'Estuaire du Mal

Harold, Stoïk et Hildegarde firent voile vers l'Est. Après quelques minutes, les chars des autres membres de la Compagnie des Chasseurs d'ambre ne furent plus que de minuscules points à l'horizon.

Oh, par Thor...

Ils n'en menaient pas large.

Pas un son. Pas un oiseau dans le ciel. Quel étrange phénomène...

Peut-être ces volatiles sentaient-ils qu'un danger pesait sur ces lieux désolés.

C'était une expérience singulièrement affreuse que de faire route sur cette plage. Harold était convaincu qu'un être de cauchemar pouvait surgir à tout moment et le saisir par la cheville, comme le monstre de l'histoire d'Hildegarde.

La fillette elle-même éprouvait des difficultés à maîtriser ses nerfs. Le moindre gargouillis provoqué par l'eau qui sourdait sous le sable — rien de plus redoutable, vraisemblablement, qu'un phénomène lié à la marée ou que le bâillement d'un bulot — la mettait dans tous ses états.

— ROAR ! rugissait-elle, provoquant l'épouvante de ses compagnons (et celle de tous les bulots des environs, à n'en point douter).

Sa capuche était rabattue si bas sur son visage qu'elle ignorait dans quelle direction elle se déplaçait. Constatant qu'elle avait radicalement changé de cap, Harold dut intervenir pour rétablir sa trajectoire.

Enfin, Stoïk ralentit, ordonna à ses deux complices de mettre pied à terre puis scruta la grève à la recherche de pierres d'ambre.

Notre héros se baissa pour ramasser un objet qui luisait dans le sable à l'aide de son épuisette. Mauvaise pioche. C'était une carapace de crabe. Il la jeta par-dessus son épaule.

Il lança un regard inquiet aux alentours. Redoutant de voir apparaître le monstre décrit par Hildegarde, il évitait soigneusement les bulles qui se formaient à la surface de la plage. En une demi-heure, il ne récolta que trois morceaux d'ambre de petite taille qui n'avaient à l'évidence rien à voir avec la Pierre-Dragon.

Soudain, submergé par un immense sentiment de découragement, il réalisa que ses recherches étaient vouées à l'échec.

— Comment pourrais-je, dans cette immensité, dénicher ce maudit joyau ? chuchota-t-il.

— Ton cœur doit être entièrement dédié à ta Quête, dit La Denture, qui était plein de sagesse et restait positif en toute occasion, mais dont les conseils, il faut bien le reconnaître, étaient souvent flous et inexploitables.

Profondément accablé, Harold se remit au travail.

C'était une chose bien étrange que de se trouver dans ce désert écarlate en compagnie d'un père qui ne le reconnaissait pas.

— C'est le moment, Harold, chuchota La Denture depuis le gilet de notre héros. Parle à ton père. Dis-lui qui tu es, et pourquoi tu te trouves ici. Parle-lui de ta Quête...

— Les choses ne sont pas aussi simples, répondit Harold.

Il essaya de chasser de son esprit l'instant terrible où Kroupgra la Brioche avait lancé à Rustik : « J'ai honte d'être ton père. »

Stoïk ne dirait pas une chose pareille, n'est-ce pas ?

« Va savoir, pensa Harold, saisi d'une vague nausée. Je vais tâcher de le cuisiner un peu, pour m'assurer qu'il n'est pas trop fâché contre moi… »

À quelques dizaines de mètres, Hildegarde maniait une épuisette deux fois plus grande qu'elle sans cesser de rugir dès qu'un bigorneau pointait le bout de sa coquille. Harold trottina jusqu'à Stoïk, qui examinait les pierres qu'il venait de récolter.

— Alors comme ça, vous êtes le père de Harold Horrib'Haddock, troisième du nom, le garçon dont la tête a été mise à prix par cette fichue Sorcière ? lança-t-il sur un ton dégagé, comme s'il s'agissait d'un prétexte pour engager la conversation.

Stoïk jeta l'une de ses trouvailles par-dessus son épaule. Il continua à avancer en balayant la plage du regard.

— Je te trouve bien indiscret, mon gars, grommela Stoïk la Brute tout en ramassant une poignée de pierres dont il se débarrassa illico.

— Oh, très bien ! couina Harold, dont la voix avait bondi d'une octave, un phénomène courant chez les garçons de son âge. Veuillez m'excuser.

Faites comme si je n'avais rien dit.

Mais au fond, Stoïk était heureux de pouvoir enfin déballer ce qu'il avait sur le cœur.

— Lorsque j'étais jeune, je ne posais jamais de questions, tempêta-t-il. Je me contentais d'obéir aux ordres, d'observer les traditions et d'appliquer le code barbare. Je marchais dans les pas de mon père, dans ceux du père de mon père, dans ceux du père du père de mon père.

Pendant cinq minutes, il poursuivit sa récolte sans dire un mot.

— J'ai bien essayé de convaincre mon fils de suivre le code, dit-il. Mais il était différent, et ne cessait de poser des questions.

Stoïk soupira puis secoua tristement la tête.

Tout est ma faute...
TOUT est ma FAUTE...
TOUT EST MA FAUTE...

Ça se passe comme tu veux ?

— Tu sais, ce n'est pas tous les jours facile d'être père. J'ai fait de mon mieux, bien sûr, mais…

« Comme je le comprends », pensa Harold, qui éprouvait les pires difficultés à éduquer Krokmou.

— Un jour, mon fils m'a posé la question suivante : « Père, si tu étais roi, libérerais-tu les dragons ? » Et je lui ai répondu très franchement, car je n'ai pas l'habitude de finasser : « Un roi ? Libérer les dragons ? Quelle idée insensée ! Ces bestioles sont notre gagne-pain. C'est grâce à elles que nous avons bâti notre civilisation ! »

Stoïk baissa la tête.

— Et sais-tu ce qu'il a fait ? Il a ignoré mon avis, m'a vaincu en combat singulier et a ordonné,

de son propre chef, que tous les dragons soient
affranchis !

Furieux, le vieux guerrier agita les bras en
tous sens.

— Et voilà le résultat ! L'Archipel est à feu et à
sang ! J'ai perdu mon honneur et ma réputation.
Nos villages ont été réduits en cendres. L'armée
de Furax vole de victoire en victoire. Le vieil
ordre du monde n'existe plus.

Il marqua une pause puis regarda Harold droit
dans les yeux.

— Et tout ça à cause de mon fils et de ses
fichues questions.

Silence.

— N'est-il pas naturel que je sois en
colère contre lui ? ajouta Stoïk.

Harold resta coi. Il continua à
marcher droit devant lui, comme
un automate.

— Alors, ça se passe comme tu
veux ? demanda La Denture
qui n'avait rien entendu
à cause du vent qui, s'en-
gouffrant dans l'encolure
du gilet, créait un sifflement
dérangeant.

Non, ça ne se passait pas comme il voulait.

Stoïk le tenait pour responsable de tous ses maux… Il ne le pardonnerait jamais… Il avait honte d'être son père…

— Et pourtant… dit le vieux Viking avant de faire halte.

Le regard tourné vers l'horizon, il marqua une pause interminable.

— Et pourtant, si l'on me posait à nouveau la question, aujourd'hui, je répondrais de façon plus nuancée. Si j'étais roi, je réfléchirais à l'opportunité de libérer les dragons. Car je vois les choses différemment, depuis que j'ai été réduit en esclavage.

Stoïk se remit en route d'un pas traînant.

— Et maintenant, je m'interroge. Harold n'aurait-il pas fait preuve d'un courage hors du commun en osant poser cette question ? Même si je persiste à penser que cette affaire ne valait pas la peine de mettre notre monde à feu et à sang… Quoi qu'il en soit, je vais répondre à TA question, jeune Fétide. Et ma réponse est : oui, Harold Horrib'Haddock, troisième du nom, est bien mon fils. En dépit des évidences, je continue à espérer qu'il est sain et sauf, quelque part, à l'abri du conflit. Et je suis fier d'être son père.

C'était de très loin le plus long discours que Stoïk ait jamais servi à son fils.

Pour la première fois depuis qu'il avait été contraint à l'exil, notre héros sentait renaître en lui une lueur d'espoir.

« Ainsi, mon père n'exclut pas de m'accorder son pardon. Il est même prêt à admettre que j'ai bien fait d'agir ainsi. »

C'était sans doute le moment le plus émouvant de son existence, et il regrettait un peu de devoir le vivre sous l'apparence de Fétide la Verrue, un bandeau sur l'œil, une excroissance factice au bout du nez et la peau badigeonnée d'extrait d'Empuanteur.

Harold s'apprêtait à révéler son identité et à envoyer valser son déguisement lorsque deux événements inattendus se produisirent.

BROOOOOOOOOON ! fit une corne dans le lointain.

— ROARRR ! rugit Hildegarde, effrayée par ce son sinistre.

Au-dessus de l'horizon, une fusée à poudre s'éleva dans le ciel, signe que la mer était sur le point de submerger la plage et qu'il était temps de regagner la prison.

Au même instant, le sable s'affaissa sous le char en stationnement de Harold, si bien qu'il bascula légèrement vers la proue.

Il observa le phénomène, comprit aussitôt de quoi il était question, frémit d'épouvante puis bredouilla :

— Pè… je veux dire, monsieur Stoïk ! Ne croyez-vous pas que nous devrions regagner la Prison du Cœur noir au plus vite ?

Là-dessus, il sauta dans son char, hissa la voile et mit sans plus attendre le cap sur la forteresse.

« Quelle chance que Krokmou et Hildegarde n'aient pas vu ÇA… » pensa-t-il.

Stoïk plaça une main en visière au niveau du front, se tourna vers le large et vit la mer moutonner à l'horizon.

— En effet, il ne va pas falloir traîner, dit-il.

S'ils avaient récolté quantité de morceaux d'ambre, la Pierre-Dragon leur avait une fois de plus échappé.

Tandis qu'ils filaient sur le sable humide, ils rejoignirent d'autres membres de la Compagnie des Chasseurs d'ambre qui s'en retournaient vers la prison, toutes voiles déployées et avirons en main, terrorisés à l'idée d'être emportés par la marée.

Ils firent une brève halte, le temps d'embarquer Rustik qui, nous en conviendrons, ne méritait pas de tels égards.

Tu te souviens sans doute, cher lecteur, que cet infect personnage était demeuré seul sur la plage, et que Tronch le Burp lui avait recommandé de réfléchir à sa situation.

Eh bien, il avait beaucoup, beaucoup réfléchi au cours des deux dernières heures, et il avait fini par se convaincre que les Chasseurs d'ambre l'avaient définitivement abandonné.

Désespéré, il avait vainement tenté de rejoindre la prison à pied. Oh, il ne se faisait guère d'illusions. Il savait qu'il était impossible de se mettre en lieu sûr avant que les flots ne recouvrent la plage. Privé de char à voile, il n'avait pas la moindre chance de survie.

Pour couronner le tout, il avait été attaqué par trois Croque-gambettes et deux Flingueurs dont il avait eu les pires difficultés à se débarrasser. Ces mésaventures l'avaient profondément ébranlé, à tel point qu'il fondit en larmes lorsqu'il aperçut les chars se portant à son secours.

Harold n'avait jamais vu Rustik pleurer. À la vérité, il n'avait jamais imaginé qu'un tel phénomène puisse se produire.

Kroupgra la Brioche et Tronch le Burp mirent pied à terre puis encadrèrent le garçon éploré.

— Aujourd'hui, tu as reçu une bonne leçon, annonça l'instructeur. Tu n'as rien fait qui justifie que nous te sauvions la vie. Non, rien du tout. Mais c'est pourtant ce que nous allons faire,

parce que peut-être – je dis bien peut-être – accompliras-tu quelque bonne action dans l'avenir.

Rustik resta muet.

Les deux guerriers décidèrent de faire route bord à bord, installèrent Rustik à califourchon sur leurs bastingages de façon à répartir son poids entre les deux chars puis mirent le cap sur la prison.

Ils risquèrent leur vie pour aider ce scélérat, car cette charge supplémentaire ralentissait considérablement leur allure. Lorsque les membres des autres compagnies, qui étaient parvenus à rejoindre leur geôle sains et saufs, réalisèrent que les Chasseurs d'ambre manquaient à l'appel, ils se rassemblèrent devant la porte orientale de la forteresse pour regarder d'un œil anxieux monter la marée.

Enfin, apercevant des voiles à l'horizon, puis des chars roulant à tombeau ouvert devant les vagues qui déferlaient sur la plage, ils laissèrent éclater leur joie. Un à un, les Chasseurs d'ambre regagnèrent la prison, lancés à une telle vitesse qu'ils évitèrent d'extrême justesse une collision fatale avec la muraille.

Tronch le Burp, Kroupgra et Rustik fermèrent le convoi. Ils avaient pris tant de retard qu'un monstrueux rouleau souleva leurs chars et les déposa au sommet des remparts dans une grande gerbe d'écume…

Puis la mer vorace avala l'étendue de sable rouge, et l'on ne vit plus que de l'eau, à perte de vue. En un mot comme en cent, nos trois rescapés l'avaient échappé belle.

Rustik avait-il retenu la leçon ?

Allez savoir…

Quoi qu'il en soit, il s'abstint d'informer Alvin et la Sorcière des faits de mutinerie et de haute trahison dont, à ses yeux, il avait été victime. C'était un choix judicieux, car ces déplaisants individus, impatients de mettre la main sur la Pierre-Dragon, n'étaient pas d'humeur à écouter les doléances d'un subordonné.

Fouets en main, ils inspectaient anxieusement les chars alignés devant la prison. Chaque coup d'œil aux paniers d'osier leur arrachait un cri de rage et de déception.

— Où-est-elle-où-est-elle-où-est-elle ? marmottait Burgondofore en bondissant de véhicule en véhicule.

En proie à une avidité fébrile, elle renversait le contenu des paniers sur le sol et piétinait rageusement les pierres d'ambre.

— C'est à n'y rien comprendre, Alvin, s'étrangla-t-elle. Je l'ai vue en rêve… Les dés ont confirmé cet augure… Cela fait des jours qu'elle devrait se trouver en ma possession !

Ivre de rage, elle se tourna vers la foule des esclaves et hurla :

— DÈS DEMAIN, VOUS EXPLOREREZ DE NOUVEAU L'ESTUAIRE DU MAL ! ET SI VOUS NE DÉNICHEZ PAS CETTE PIERRE, NE VOUS DONNEZ MÊME PAS LA PEINE DE REVENIR !

Harold suivit ses compagnons jusqu'au dortoir en ruminant l'échec complet de son plan bancal consistant à s'introduire dans la prison, de libérer son père et Findus, de s'emparer de la Pierre-Dragon puis de quitter les lieux sans se faire remarquer.

« J'ai comme l'impression que ça va être un tout petit peu plus compliqué que prévu », pensa-t-il.

Désormais réduit en esclavage, il avait le triste pressentiment qu'il ne trouverait ni la relique, ni le pauvre Findus.

Il ne lui restait plus qu'à ouvrir l'œil et à s'efforcer de ne pas penser aux terribles dangers qui, comme il le savait désormais, hantaient les Champs d'ambre…

Car Harold avait omis d'informer Hildegarde et Stoïk la Brute d'un léger détail… Un détail dont il n'avait même pas parlé à La Denture.

Un peu plus tôt, à l'instant où la corne de brume s'était fait entendre, à l'instant où Hildegarde avait lâché son petit rugissement, l'une des roues de son char à voile s'était enfoncée dans une ornière. Il s'était penché au-dessus du bastingage et avait découvert que cet accident de terrain était en fait… *l'empreinte d'une patte gigantesque.*

En levant la tête, Harold avait cru apercevoir *quelque chose* du coin de l'œil. *Quelque chose* de si improbable qu'on pouvait raisonnablement douter de son existence : surgie des sables, une gigantesque patte de dragon dont

chaque serre était sertie d'un globe oculaire malveillant…

Un globe qui observait… qui patientait.

Harold n'avait jamais rien vu de tel. C'était un appendice absolument affreux, une vision tout droit surgie d'un cauchemar.

Bien entendu, il s'était bien gardé d'en parler à Hildegarde. Car tout cela, vois-tu, cher lecteur, n'était pas très bon pour le moral.

10. L'Ombre de la mort

À l'instant où il s'étendit sur sa couche, notre héros, à bout de forces, sombra dans un profond sommeil.

Bientôt, comme chaque nuit, tout autour de la forteresse, on entendit s'élever les hurlements des dragons rebelles. Quelques instants plus tard, des flèches décochées depuis les créneaux sifflèrent dans les airs puis des engins de mort explosèrent au firmament.

Si les sentinelles étaient à pied d'œuvre sur les chemins de ronde, les autres occupants de la prison – roi, sorcière, guerriers, esclaves et tout le toutim – roupillaient sec.

En cette nuit affreuse, *quelque chose* glissait dans les galeries de la citadelle endormie, semblable à un brouillard invisible. Nul ne pouvait distinguer cette silhouette scintillante qui se mouvait de pièce en pièce dans un silence fatal.

L'Ombre de la mort savait très précisément où se trouvait sa proie. Elle marqua une pause à l'entrée du donjon. Les six naseaux de ses trois têtes se dilatèrent, humant le parfum de Harold.

Sa queue invisible disparut dans un escalier en colimaçon, pareille à celle d'un chat s'introduisant dans un trou de souris.

Au même instant, notre héros fut arraché à un cauchemar où le monstre des Champs d'ambre déboulait au cœur de la prison…

Lorsqu'il se redressa sur sa paillasse, ruisselant de sueur, il ne trouva autour de lui que des esclaves endormis, vaincus par la journée épuisante passée à écumer les sables écarlates.

Oh, mais qu'est-ce que c'était que ça ?

Il avait entendu un son inhabituel, plus discret mais plus proche que le fracas de la bataille qui faisait rage à l'extérieur de la prison.

Il dressa l'oreille. Rien.

Vautrés dans la paille, Krokmou et La Denture ronflaient paisiblement. Cela signifiait sans doute qu'il n'y avait rien à craindre. Dans le cas contraire, mus par leur instinct de reptile, sans doute se seraient-ils réveillés…

Pourtant, le cœur de Harold battait à tout rompre. Qu'était-ce donc que ce son ? Il avait forcément été produit par *quelque chose*.

Il finit par se convaincre que ce phénomène n'était que le fruit de son imagination lorsque, surgi de nulle part, ce *quelque chose* sauta sur lui et l'enveloppa entièrement, tête et visage compris, si bien qu'il se trouva réduit au silence.

Krokmou et La Denture subirent le même sort. Les oreilles du vieux dragon virèrent au bleu myrtille puis, agitées de mouvements si violents qu'elles semblaient sur le point de se détacher du crâne de leur propriétaire, pointèrent aux quatre points cardinaux.

— Danger ! parvint-il à couiner. Danger ! Danger ! Danger !

Harold essaya de se dégager, mais ses bras et ses jambes restaient plaqués contre ses flancs, comme entravés par des tentacules, ou quelque force invisible qui l'empêchait de se mouvoir et l'emportait loin du dortoir.

La peur lui interdisait toute pensée rationnelle. Comment pouvait-il avoir été attaqué à l'intérieur de la forteresse ? Quelle était la nature de cette créature ? Des images défilèrent dans son esprit : des Rageux, des Dragons-Piranhas, et bien pire encore, un être invraisemblable aux serres garnies de globes oculaires.

Mais comment la créature invisible avait-elle pu passer inaperçue devant les sentinelles qui canardaient impitoyablement tout ce qui bougeait aux abords de la prison ?

— Mff ! lâcha Harold en tentant vainement de se dégager. Mff ! Mff ! Mff !

11. Une surprise de taille

En se fiant aux mouvements que lui imprimait son ravisseur, Harold sentit qu'on le portait dans un escalier en colimaçon. Tout autour de lui, il entendait des bruits de pas et des chuchotements. Bientôt, alors qu'il continuait à gigoter avec l'énergie du désespoir, il réalisa que les voix qui parvenaient à ses oreilles étaient on ne peut plus humaines.

Lorsqu'on le déposa enfin sur le sol, dans un espace froid, humide et confiné, il reconnut un timbre familier qu'il n'avait pas entendu depuis très, très longtemps…

— Pas de panique, dit cette vieille connaissance. Nous sommes ici pour t'aider à t'échapper de la prison du Cœur noir… Nous avons dû te réduire au silence, car il nous fallait agir rapidement, et que nous craignions que tu ne te mettes à brailler.

Des mains le libérèrent du drap dans lequel on l'avait entortillé puis ôtèrent son bâillon.

Il découvrit cinq visages, dont celui de…

— Kamikazi! chuchota-t-il, saisi de stupeur.

Kamikazi appartenait à la tribu des Bouchers Bourrus du Bayou. Elle était petite, bavarde et intrépide. Ses cheveux blonds et indomptables évoquaient le nid d'un couple de corbeaux après une sauvage dispute conjugale.

C'était aussi une amie très chère.

Elle le considéra avec étonnement pendant quelques instants avant de soulever son bandeau, de détacher la verrue qui ornait le bout de son nez et de s'exclamer :

— Harold !

Kamikazi n'étant pas autorisée à exprimer le moindre sentiment — les Bouchers Bourrus du Bayou considéraient ces manifestations comme des preuves de faiblesse —, son visage vira au rouge brique. Soucieuse de faire bonne figure,

HAROLD !
s'exclame Kamikazi

elle fronça les sourcils, serra brièvement Harold dans ses bras, lui bourra l'épaule de coups de poing puis s'exprima d'une voix chevrotante :

— Où étais-tu passé ? Oh, ce n'est pas que je me sois inquiétée. Bien sûr que non. Nous autres, les Bouchers Bourrus, ne nous inquiétons jamais. Nous sommes inflexibles, comme tu le sais, mais bon sang… où étais-tu passé, pendant tout ce temps ?

— Wow ! sourit Harold en massant son épaule martyrisée. Tu es la seule à m'avoir reconnu ! Oh, j'étais bien content de passer incognito, mais tout de même, ça me fait plaisir de constater que je n'ai pas tant changé que ça, depuis que je vis en exil.

Kamikazi était plus rouge que jamais. Avec un peu d'imagination, on aurait pu voir des larmes de joie briller dans ses yeux.

— Pourquoi n'es-tu pas venu me trouver ? demanda-t-elle en cachant son visage dans le pli de son coude. Est-ce parce que je t'ai tourné le dos, comme tous les autres, quand la Sorcière nous a forcés à reconnaître Alvin pour roi, à l'Académie d'escrime de Bruno la Breloque ? Parce que si c'est le cas, je suis sincèrement désolée, Harold. Sache que je regrette de ne pas être demeurée à tes côtés, comme Findus. J'étais·

sous le choc, tu sais, avec cette histoire de marque des esclaves, et tout ça…

— Non, non, ne t'inquiète pas, la rassura notre héros. Je savais depuis le début que ce n'était qu'une ruse.

— Ah vraiment ? glapit Kamikazi.

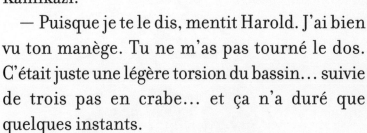

Est-ce parce que je t'ai tourné le dos ?

— Puisque je te le dis, mentit Harold. J'ai bien vu ton manège. Tu ne m'as pas tourné le dos. C'était juste une légère torsion du bassin… suivie de trois pas en crabe… et ça n'a duré que quelques instants.

— En crabe… oui… c'est vrai…

— Et la seule raison pour laquelle je ne suis pas venu te trouver, c'est que tout le monde était après moi, à ce moment-là, et que je ne voulais pas te faire courir le moindre danger.

— Mais pour qui me prends-tu ? sourit Kamikazi. Tu sais pourtant à quel point j'aime le danger !

Elle se frotta les mains avec excitation et ajouta :

— Le danger, c'est ma passion !

— Et toi, qu'est-ce que tu fabriques ici, mon amie ? demanda Harold

— Nous autres, les Bouchers bourrus, sommes des artistes de l'évasion, lança la fillette, rayonnante, en se tournant vers les jeunes filles assises à ses côtés. Laisse-moi te présenter mon équipe : voici Hercula, Typhonne, Ritarose et Brigandine.

Kamikazi en artiste de l'évasion →

Le DANGER, c'est ma passion !

C'était les quatre jeunes guerrières qui s'étaient emparées de Harold, l'avaient ligoté dans un drap et l'avaient traîné jusqu'au souterrain.

Vêtues du même uniforme que Kamikazi, une combinaison noire garnie d'une collection d'armes et d'instruments de cambriolage, elles étaient sensiblement plus robustes.

À la grande surprise de Harold, les jeunes filles s'empourprèrent à leur tour et lui serrèrent timidement la main.

— Ne serait-ce pas... le célèbre Exilé ? s'étrangla Typhonne.

— Si, en effet, répondit Kamikazi, l'air faussement dégagé. C'est mon ami, l'Exilé, Harold Horrib'Haddock, troisième du nom.

Pour notre héros, c'était une surprise et une consolation de rencontrer des admiratrices.

— Waouh, soupira Typhonne en lui serrant longuement la main. Je suis honorée. Kamikazi nous a tellement parlé de tes exploits. N'est-ce pas les filles ? La façon dont tu as désamorcé tous ces pièges à dragons... Le courage dont tu as fait preuve en te dressant contre Alvin et la Sorcière... Franchement, chapeau bas.

— Merci, bredouilla Harold.

Krokmou avait lui aussi quelque motif de se réjouir. Tapie derrière Kamikazi dans le sombre tunnel se trouvait Tornade, un dragon femelle qui avait la propriété de changer de couleur en fonction de ses émotions, une splendide créature dont il était secrètement amoureux.

— B-b-bonjour, Tornade, bégaya-t-il.

— Bonjour, toi... minauda Tornade.

— Nous s~s~sommes des Exilés, à présent... Ah, si tu avais pu me voir avec mon bandeau sur l'œil...

— Tu devais avoir fière allure... ronronna l'Émo-reptile en adoptant une teinte violette.

— Je te p~p~présente mon acolyte... euh... El Denturo le Desperado. Mais fais attention à ne pas le mettre en colère... Ce n'est pas un tendre, ce dragon-là...

La Denture n'en croyait pas ses oreilles. El Denturo ? L'acolyte de Krokmou ? Pas un tendre ? Par politesse, il fit de son mieux pour paraître effrayant, ce qui n'était pas chose facile pour un dragon âgé de plusieurs milliers d'années guère plus grand qu'une boîte à biscuits, dont les ailes fripées tremblaient comme des feuilles.

Bonjour, toi...

Mon acolyte,
El Denturo le Desperado.
Ce n'est pas un tendre,
ce dragon-là...

Qui,
moi?

— Nos t-t-têtes sont mises à prix, se vanta Krokmou. Il y a des affiches partout dans la forêt.

— Nous nous dédions entièrement aux opérations de sauvetage, expliqua Kamikazi. Dès que nous avons appris que Findus avait été conduit dans cette prison, nous avons réuni une équipe. Après tout, je me suis évadée de tant de geôles au cours de mon existence… Alors je me suis dit : pourquoi ne pas voir les choses en grand et lancer un service professionnel d'évasion ?

Nous nous sommes aussitôt mises au travail, et avons rapidement trouvé un moyen de pénétrer dans les souterrains…

Elle marqua une pause puis ajouta :

— Surtout, ne dis rien à ma mère, ajouta-t-elle, l'air un peu coupable. Elle n'est pas au courant. Au fait, de toi à moi, tu ne sens vraiment pas très bon, Harold.

(Précisons que quand Kamikazi avait quelque chose à dire, elle n'y allait jamais par quatre chemins.)

— C'est de l'essence d'Empuanteur, expliqua notre héros. Ça fait partie de mon déguisement.

— Bien joué ! Tiens, puisque nous parlons de déguisements, regarde un peu ce que j'ai apporté.

Elle sortit de son sac à dos un uniforme de surveillant pénitentiaire de l'Ouest sauvage, un déguisement de dragon saisissant de réalisme et une tenue de simple paysan…

— C'est extraordinaire, dit Harold. Mais je ne suis pas sûr que cette moustache soit très crédible…

— Ah bon ? soupira Kamikazi, un peu déçue, avant de se coller l'accessoire sur la lèvre supérieure. C'est pourtant l'un de mes accessoires favoris.

— Ce qui m'étonne le plus, c'est que tu aies trouvé un moyen d'entrer dans la forteresse, mais aussi d'en sortir à ta guise. Je suis émerveillé. Cela fait des siècles que les prisonniers essaient vainement de s'en échapper. Sans compter les innombrables tentatives d'incursion de Furax. C'est tout simplement prodigieux.

— Oh, c'est parce que je suis géniale, dit-elle, car la vantardise n'était pas le moindre de ses défauts. Il m'a suffi d'étudier les faiblesses de l'édifice, vois-tu. Je me suis concentrée sur le système d'évacuation des eaux usées. As-tu vu mon échelle télescopique entièrement composée de morceaux de rames cassées ?

L'un des déguisements les moins réussis de Kamikazi...

Aux yeux de Harold, cette échelle paraissait *un peu trop* télescopique et, pour tout dire, pas très solide.

— Lorsqu'un Boucher Bourru décide d'entrer quelque part, il est inutile d'essayer de l'en dissuader, lança Kamikazi.

— Et Findus ? demanda Harold, plein d'espoir. As-tu réussi à le faire évader ?

Kamikazi hocha tristement la tête.

— Non, nous sommes venues ici il y a une semaine, mais il était déjà trop tard.

Oh non… Non, non, non, non, non…

— Sais-tu ce qui lui est arrivé ?

Kamikazi lâcha un profond soupir.

— Lors de notre première opération dans cette prison, nous avons évacué un garçon prénommé Thibault.

— Thibault le Miro ? demanda Harold.

Sa camarade hocha la tête.

— Il nous a montré la paillasse de Findus, celle que tu as occupée depuis ton arrivée. Il a dit qu'il avait disparu la veille.

— Vous l'avez raté à un jour près ? s'étrangla Harold. Quelle déveine !

Kamikazi afficha une mine sombre.

— Oui, je sais. Moi aussi, j'ai eu du mal à le croire. Depuis, même si nous ne sommes pas parvenues à retrouver Findus, nous nous efforçons de faire sortir plusieurs prisonniers par semaine. Si nous continuons à ce rythme, la Sorcière ne va pas tarder à réaliser qu'il se passe des choses pas très nettes dans sa forteresse.

Bien. Au moins, voilà qui expliquait pourquoi tous les occupants de la paillasse de Harold avaient mystérieusement disparu. Il était soulagé pour Hildegarde, qui voyait ses compagnons de dortoir se volatiliser les uns après les autres. Pas étonnant qu'elle se soit mise en tête qu'ils étaient victimes d'une créature monstrueuse...

Mais qu'était-il arrivé à Findus ?

Harold effleura le collier porte-bonheur garni de pinces de homard que son ami lui avait confié.

Comme Kamikazi l'avait rappelé, Findus était le seul Viking qui ne lui avait pas tourné le dos le jour où il avait été exclu du peuple barbare, à l'Académie d'escrime de Bruno la Breloque. Il était toujours resté à ses côtés. Il n'avait jamais cessé de croire en lui.

— Je suis tellement heureuse d'avoir pu fonder ce commando de libération ! dit Kamikazi. À présent, nous allons t'aider à t'évader.

— Je ne veux pas m'évader, dit Harold. Je dois retrouver Findus.

Le matériel d'évasion de Kamikazi...

Déguisement de dragon

Masque

Fausse moustache

Échelle télescopique constituée de morceaux de rame

Sac de rangement contenant tenues et cartes de l'Ouest sauvage

Les traits de la jeune guerrière s'affaissèrent.

— Harold, tu es notre seul espoir. Le sort de l'Archipel est entre tes mains.

— S'il te plaît, dit Typhonne.

— Par pitié, ajouta Ritarose.

— Il faut que tu voies les choses en face, Harold, poursuivit Kamikazi. Findus a disparu. Tu dois quitter cette prison et partir à la recherche de la Pierre-Dragon, car j'ai la conviction qu'elle ne se trouve pas dans les Champs d'ambre.

— Sur ce point, nous sommes d'accord, dit La Denture. C'est encore l'une des blagues tordues de Barbe-Sale le Grave.

— Qu'a dit ce drôle de petit dragon brun ? demanda Kamikazi.

— Ne fais pas attention à lui, dit fermement Harold. Je ne m'évaderai pas. Je continuerai à chercher Findus, que ça te plaise ou non.

Sa camarade baissa les yeux.

— Très bien. Dans ce cas, je resterai avec toi. Tu n'es qu'un garçon, après tout. Tu as besoin d'une fille pour te protéger lors de cette quête.

— Il n'est pas question que tu restes dans cette forteresse, répéta Harold. Tu ne portes pas la Marque des esclaves. C'est beaucoup trop dangereux.

Puis, se souvenant que sa camarade éprouvait une véritable passion pour le danger, il ajouta :

— Tu dois poursuivre tes opérations d'évasion.
Il y a cette petite fille, Hildegarde, qui occupe la
couchette la plus proche de la mienne. Elle a
vraiment besoin de tes services. Son séjour dans
cette prison lui a complètement sapé le moral.

Kamikazi s'accorda une demi-seconde de
réflexion.

— Très bien, comme tu voudras ! lança-t-elle
avant de se tourner vers ses complices. Bouchers
bourrus, lançons l'opération Hildegarde !

— Opération Hildegarde ! répétèrent Typhonne,
Hercula, Ritarose et Brigandine en brandissant
sauvagement le poing.

Les Faux papiers de Kamikazi

Le possesseur de cette carte, Pomdapi, de la tribu des Vizigros, est un loyal serviteur de l'Ouest sauvage

Prière de le laisser circuler librement.

Signé :
Alvin le Sournois.

12. Les adieux à Hildegarde

Au même instant, l'Ombre de la mort se glissa dans le dortoir.

Bien qu'invisibles, ses mufles laissaient sur le sol une traînée humide évoquant le passage d'une limace. Elle flairait l'atmosphère avec tant d'énergie que la vapeur qui jaillissait de ses naseaux soulevait des petits tourbillons de poussière.

Ses serres étaient déployées, son cœur froid et dur comme l'acier, ses yeux flamboyant de haine.

L'Ombre de la mort fit halte près de la couchette de Harold et la trouva vide. Elle lâcha un grognement stupéfait, puis la déchiqueta, éparpillant rageusement paille et draps. Personne. Où était donc passé l'Exilé ?

L'espace d'un instant, le monstre, ivre de colère, perdit sa faculté d'invisibilité. Si les occupants du dortoir avaient pu observer ce spectacle fascinant, ils auraient vu des colonnes de fumée s'échapper de ses six oreilles.

L'Ombre de la mort tailla en pièces ce qui restait de la paillasse puis quitta la salle dans le plus grand silence. Malheur à notre héros s'il croisait sa route…

Deux minutes plus tard, Harold et le commando de Kamikazi entrèrent à leur tour.

— Qu'est-ce qui s'est passé ici ? chuchota notre héros en considérant sa couche, qui semblait avoir littéralement explosé.

— Eh bien ! s'étonna son amie. On peut dire que tu as le sommeil agité.

Harold essaya tant bien que mal de reconstituer sa paillasse.

— Les filles, vous feriez mieux de vous mettre en route. Vous devez à tout prix évacuer Hildegarde avant le lever du soleil.

Kamikazi et ses complices s'approchèrent furtivement de la petite fille endormie et s'apprêtèrent à l'empaqueter.

— Non, pas comme ça, chuchota Harold. Vous allez lui faire peur.

Il s'accroupit au chevet d'Hildegarde et lui caressa doucement l'épaule.

— Pas un mot, dit-il. Je suis avec des amies. Elles vont t'aider à t'évader puis te raccompagner auprès de ta maman.

Un large sourire éclaira le visage de la fillette, dévoilant pour la première fois d'adorables dents du bonheur.

Ah bon ? Tu crois que j'ai une maman ?

— Ah bon ? Tu crois que j'ai une maman ?

— Forcément, et je suis convaincu que tu lui manques énormément.

Hildegarde ajusta sa combinaison d'ourson en prenant soin de ne pas boutonner lundi avec mardi afin d'apparaître sous son meilleur jour devant sa mère.

— Kamikazi, chuchota Harold. Conduis Hildegarde auprès de sa tribu, les Nomades innommables. Tu les trouveras quelque part au nord. Je ne sais pas où, car ils ont la bougeotte, comme leur nom l'indique… Mais sache qu'il s'agit d'une mission dangereuse, car tu devras traverser des territoires contrôlés par la Rébellion.

— C'est compris, répondit joyeusement sa camarade.

Harold lui adressa un regard soupçonneux.

Cette docilité, ces grands yeux innocents… Cela ne ressemblait guère à Kamikazi.

— Au revoir, alors, dit-il.

— Au revoir, répondit son amie.

— Au revoir, Hildegarde, chuchota Harold.

— Au revoir, Harold, murmura la fillette.

— Au revoir, Tornade, lança Krokmou en exécutant une série d'acrobaties aériennes qui faillirent le précipiter contre un pilier.

— Au revoir Krokmou l'Exilé, roucoula l'Émoreptile en papillonnant des paupières avant de suivre ses complices à l'extérieur du dortoir.

Et c'est ainsi qu'Hildegarde s'évada des Champs d'ambre et disparut de notre histoire. Plus tard, elle retrouva les bras douillets de sa mère, Maman-Ours (à qui, en effet, elle avait énormément manqué), se régala des fables fantastiques de son effrayante grand-mère (dont elle avait hérité sans la connaître des talents de conteuse) et fit enfin la connaissance de son frère cadet Petit-Grizzli.

« Parfait, pensa Harold. Ainsi, Kamikazi se tiendra à l'écart du danger pendant quelque temps. Elle n'est pas prête de mettre la main sur les Nomades innommables, tels que je les connais. »

— Qui a bien pu faire une chose pareille ? chuchota La Denture en étudiant les draps déchiquetés.

Ses oreilles virèrent au violet et se mirent à pivoter follement sur leur axe, signe d'un danger imminent.

— La Denture, tu t'inquiètes pour un rien, bâilla Harold.

— Pour un rien, jusqu'à ce que ce rien nous tombe sur le râble...

Mais Harold et Krokmou avaient déjà sombré dans un profond sommeil.

Un heureux dénouement
pour Hildegarde

Hildegarde
retrouve les bras de
Maman-Ours

DANGER!

DANGER!

DANGER.

13. Un fantôme du passé

Le lendemain matin, le soleil se leva sur le Cimetière des dragons. La bataille venait de s'achever. Les troupes de la Rébellion avaient rejoint leurs bases arrière, et les engins de mort alignés sur les créneaux avaient cessé de cracher javelots et boulets.

Bravant la fumée qui ne s'était pas encore dissipée, une barque glissait entre les sinistres cathédrales d'ossements où nichaient des mouettes bavardes.

À son bord se trouvait Hubert, le bibliothécaire sadique et pervers, un vieil ennemi de Harold. Squelettique et courbé par les ans, il arborait une barbe interminable qui traînait dans le sillage de l'esquif. Il gardait à ses côtés deux filets à ambre qu'il appelait affectueusement ses « Crève-cœur ». Il portait un S tatoué sur le front, mais il faisait partie de ces esclaves dits « de confiance » que les gardes chargeaient d'accomplir de modestes missions à l'extérieur de la prison. Ce matin-là, Hubert avait reçu l'ordre de récupérer les javelots et les munitions éparpillés sur le champ de bataille afin que les guerriers de l'Ouest sauvage puissent endiguer la prochaine attaque de la Rébellion.

Le vieil homme longeait le cadavre d'un gigantesque Rhinoféroce lorsqu'il remarqua un objet abandonné sur un îlot, dans un bouquet de roseaux.

C'était un casque.

Hubert, le bibliothécaire sadique et pervers, s'en empara à l'aide de l'une de ses épuisettes. *Crin-crin*, firent les rouages rouillés de son antique cerveau. Il se souvint du témoignage de guerriers vizigros qui, au retour d'une mission d'éclairage, avaient failli attraper Harold l'Exilé en flagrant délit de désamorçage de piège à dragons.

Ils avaient décrit son casque très particulier. Un casque surmonté d'un ridicule plumet, en tous points semblables à celui que Hubert tenait entre ses mains.

— Oh-oh, chuchota le vieillard en bricolant un affreux sourire. Le casque de Harold, à deux pas de la porte de la forteresse… Je parie qu'il a guetté ici avant de s'y introduire, ce sale petit saboteur. Je vais avertir la Sorcière, et me venger de cette crapule, sans lequel je n'aurais jamais été réduit en esclavage… et je retrouverai peut-être la liberté par la même occasion.

Le bibliothécaire dirigea sa barque vers la prison du Cœur noir, slalomant entre les corps sans vie des dragons, satisfait et impatient de pouvoir enfin régler un vieux différend.

14. Le masque tombe

Le lendemain matin, encore plus tôt qu'à l'ordinaire, les gardes réveillèrent les occupants de la prison en martelant leur bouclier de coups d'épée.

— TOUT LE MONDE DEBOUT ! RASSEMBLEMENT ! Réunion de crise convoquée par la sorcière Burgondofore !

À peine capable de garder les yeux ouverts, Harold se traîna jusqu'à la cour centrale où il retrouva ses compagnons d'infortune.

À l'instant où il aperçut Alvin et la Sorcière installés à la table d'honneur, il se sentit tout à fait réveillé. Ses nerfs étaient à vif, ses yeux écarquillés de terreur. La vieille folle faisait tambouriner ses ongles métalliques sur une chope en étain. Mais le plus effrayant…

… c'était le vieillard qui se tenait à ses côtés.

On dit que le passé finit toujours par nous rattraper. En l'espèce, il avait rattrapé Harold après seulement deux jours d'incarcération dans la prison du Cœur noir.

Hubert, le bibliothécaire sadique et pervers, tenait entre ses mains le casque de notre héros. Ce casque que le Vole-au-vent avait abandonné en quittant précipitamment le Cimetière des dragons.

Aaaarg. Harold se sentait pris au piège. La foule des esclaves était si dense qu'il lui était impossible de se mouvoir.

Alvin le Sournois se leva, l'air triomphant, comme s'il venait d'emporter une médaille d'or aux jeux barbares intertribus.

— MISÉRABLES ESCLAVES DES CHAMPS D'AMBRE ! beugla-t-il. UN TRAÎTRE SE CACHE PARMI NOUS.

Un murmure stupéfait parcourut la foule.

— Ce matin, poursuivit Alvin, l'un de nos esclaves de confiance, Hubert, ici présent, se trouvait dans le Cimetière des dragons pour ramasser des munitions, lorsqu'il a trouvé ce casque. Mes chers guerriers vizigros ont confirmé qu'il s'agissait du couvre-chef porté par Harold Horrib'Haddock, troisième du nom, lorsqu'ils ont failli le capturer en flagrant délit de désamorçage de piège à dragons.

« Oh, pour l'amour de Thor, pensa notre héros. Ce casque m'a toujours porté la poisse. »

— En outre, nous avons découvert une porte secrète permettant d'entrer dans la prison en passant par les égouts…

« Eh, une minute, pensa Harold. Je ne suis pour rien dans cette affaire. C'est à Kamikazi et ses amies qu'il faut vous en prendre. Ce sont elles qui ont emprunté ce passage… »

— Ce qui signifie, esclaves, continua la Sorcière, que ce sale petit imposteur s'est introduit dans la forteresse, et qu'il se trouve en ce moment même parmi nous.

Les prisonniers murmurèrent de plus belle. Ils se dévisagèrent d'un œil suspicieux, tâchant de reconnaître chez leurs camarades les plus proches les traits et la silhouette de Harold le Traître.

— Oh, bien sûr, ronronna la Sorcière, nous pourrions demander à chacun de vous de se coiffer du casque afin de démasquer son propriétaire…

« Ouf, je n'ai rien à craindre, pensa notre héros. Il n'est pas du tout à ma taille, je suis bien placé pour le savoir. »

— Mais il m'est venu une bien meilleure idée, intervint Alvin le Sournois. Voyez-vous, la raison pour laquelle ce félon de Harold ne pourra jamais être roi, c'est qu'un monarque doit savoir rester inflexible et prendre des décisions difficiles. Or, il est faible, permissif, tolérant… bref, incapable de gouverner.

Il marqua une pause puis s'exclama :

— HAROLD HORRIB'HADDOCK,
TROISIÈME DU NOM ! SI TU NE
TE RENDS PAS SUR-LE-CHAMP,
J'EXÉCUTE... CET OTAGE.

Sur ces mots, Alvin attrapa
le premier représentant des
Hooligans hirsutes qui se
trouvait à sa portée et posa la pointe
de son crochet sur sa gorge.

Or, ce garçon n'était autre que Rustik le Morveux.

Car Alvin, voyez-vous, avait oublié que Rustik
et Harold se vouaient une haine tenace. Il comp-
tait attendrir notre héros en menaçant un membre
de sa tribu, un Viking de son âge avec qui, le
croyait-il, il entretenait une amitié de longue date.

— Mais Sire ! s'étrangla Rustik, abasourdi.
Je ne suis pas l'un de ces gueux ! Je suis un
guerrier, et votre sujet le plus loyal. C'est moi
qui ai informé votre mère que Harold portait
secrètement la Marque des esclaves...

Le pauvre garçon avait déjà vécu des moments difficiles au cours des dernières vingt-quatre heures.
Pas plus tard que la veille, dans les Champs d'ambre,
son amour-propre en avait pris un sacré coup.

Mais Alvin n'était pas homme à se montrer
reconnaissant.

Ignorant le plaidoyer de Rustik, il accentua la pression sur le crochet. Une goutte de sang perla sur la gorge du pauvre garçon.

— TU FERAIS BIEN DE TE DÉPÊCHER ! cria Alvin. TON AMI RISQUE DE PERDRE LA TÊTE !

Harold se trouvait confronté à ce qu'il est convenu d'appeler un « dilemme moral ».

Toute sa vie, Rustik s'était montré malveillant à son égard.

C'était une petite ordure doublé d'un tyran en puissance. C'est lui qui avait lancé la pierre qui avait fait tomber le casque de Harold et révélé aux yeux de tous la Marque des esclaves qui ornait son front, à l'instant précis où il allait être couronné Champion des Champions et Roi de l'Ouest sauvage à l'Académie d'escrime de Bruno la Breloque[2].

Mais Harold pouvait-il pour autant, de sang froid, laisser Alvin liquider Rustik ?

C'était son cousin, après tout, et un être humain, en dépit des apparences.

Et peut-être, je dis bien *peut-être*, tapi au fond de sa méprisable carcasse, y avait-il quelque trace de bonté chez ce voyou. Et *peut-être* Harold

---

2. Pour en savoir davantage sur cet événement dramatique, se reporter à *Comment dérober l'épée d'un dragon*, le huitième tome des aventures de Harold.

trouverait-il un moyen de s'échapper de cette cour bondée après s'être constitué prisonnier.

Il lâcha un soupir. « Et si Alvin avait raison ? Peut-être suis-je trop faible pour régner. Bon sang, je n'arrive pas à croire que je suis sur le point de me dénoncer pour sauver Rustik... »

Il leva la main et cria :

— OK, je me rends. Je suis Harold Horrib' Haddock, troisième du nom. Celui que vous appelez le Traître ou l'Exilé.

Après huit mois de cavale, prononcer son propre nom lui procurait une sensation des plus étranges.

— Aha ! lança Alvin, très satisfait, avant de relâcher Rustik et de se tourner vers la foule. Alors, qu'est-ce que je disais ?

Au troisième rang de l'assistance, Stoïk manqua de s'étrangler.

— Lipide la Tortue ! C'est impossible... Tu ne peux pas être Harold.

— C'est pourtant la vérité, père, lança courageusement notre héros. C'est bien moi, ton fils !

— Mais c'est merveilleux ! s'exclama le vieux chef viking. Tu es vivant ! Tu ne peux pas savoir à quel point je suis heureux de te retrouver, mon garçon... Je... je... je suis désolé de ne pas t'avoir reconnu… Je ne comprends pas comment ça a pu se produire…

— C'est parce que je portais cet astucieux déguisement, expliqua Harold avant d'ôter son bandeau et sa verrue, puis de chasser d'un revers de manche la boue séchée qui maculait son visage.

Inutile de préciser qu'il n'était pas en mesure de se défaire de la pestilence qui l'accompagnait.

— Et puis, j'ai un peu grandi, depuis notre séparation… ajouta-t-il.

— Assez bavardé ! tempêta Alvin. Qu'on fasse taire ce sale petit rat. C'est un beau parleur qui a le chic pour embrouiller tout le monde et se sortir des situations les plus désespérées. Amenez-le-moi !

Harold se sentit soulevé de terre puis passa de main en main au-dessus de la tête des esclaves.

— Mon fils, dit Stoïk lorsque notre héros passa à sa portée, tu m'as l'air en pleine forme, mais les désagréments propres à l'adolescence ne t'ont pas épargné… Décidément, on ne sent pas la rose, à l'âge ingrat !

HAROLD!

— C'est de l'essence d'Empuanteur, expliqua Harold en serrant la main de son père au passage. C'était pour te dissuader de m'observer de trop près.

— Ah, quel soulagement ! gronda Stoïk, ivre de joie au point de ne plus trop savoir ce qu'il disait. Sans quoi, je gage que tu aurais eu les pires difficultés à te trouver une petite copine. Mais au fait, qu'est-ce que tu fiches ici ?

Un Vizigros placé au premier rang déposa Harold devant Alvin et la Sorcière.

— Je suis venu étudier un moyen de vous faire évader.

— C'est admirable, mon petit ! tonna Tronch le Burp en levant les pouces. C'est très courageux à toi de venir nous secourir !

— Ah çà oui ! brailla Stoïk. Bien joué, fiston ! Je suis tellement fier de toi !

C'est bien moi, ton fils...

— LA FERME, beugla la Sorcière. Vous secourir ? Comment un pareil avorton pourrait-il vous secourir ? Gardes, fouillez-le !

— *Oh-oh*, chuchota Krokmou. *Il faut qu'on fiche le camp de ce gilet, El Denturo... Sinon, c'en sera fait de nous...*

— *Fuyez*, vite ! lança Harold en dragonais.

Oh-oh,
il faut qu'on
fiche le camp
de ce gilet,
El Denturo...

Aussitôt, les deux reptiles jaillirent du gilet de notre héros et prirent leur envol, battant énergique-ment des ailes à la manière des oiseaux-mouches. Krokmou lâcha de petites boules de feu, *frouf, frouf, frouf*, afin de se frayer un passage dans la foule des esclaves.

Par malheur, Hubert le bibliothécaire sadique et pervers, parfaitement ambidextre, était connu pour sa faculté à manier deux épées à la fois. Il brandit ses épuisettes et *hop*, ni une ni deux, captura les fuyards au vol et les présenta à Alvin et la Sorcière avant d'esquisser une humble révérence.

Les deux dragons hurlaient de terreur, car ils

208

demeuraient des créatures sauvages que rien n'épouvantait davantage que la captivité.

Enfin, Hubert se tourna vers Harold et plissa les yeux.

— Tu apprendras qu'il vaut mieux ne pas chercher des noises à un bibliothécaire, cracha-t-il d'une voix fielleuse. Car les bibliothécaires sont patients, très patients, et ils savent mieux que quiconque attendre l'heure de la vengeance…

— Des dragons ! couina triomphalement la Sorcière en pointant un doigt osseux vers les pauvres reptiles qui, solidement empaquetés, tentaient vainement de se libérer. Je les avais flairées, ces maudites vermines ! Nous sommes en guerre contre leur espèce, ils ont réduit nos villages en cendres, et ce sale traître en abrite des spécimens dans son gilet !

Les guerriers de l'Ouest sauvage, qui essuyaient chaque nuit les assauts de la Rébellion, étaient scandalisés. Aussi se mirent-ils à rugir comme des possédés.

Hop, ni une ni deux, Hubert capture les fuyards au vol.

— N'aie pas d'inquiétude, mère ! gloussa
Alvin. Je vais les écraser du talon !

Il posa Krokmou sur le sol et leva un pied
chaussé d'une botte à semelle métallique.

— Noooooon ! hurla la Sorcière. Ce Krokmou
est l'une des reliques royales, l'as-tu oublié ?
Sans lui, tu ne pourras pas monter sur le trône
de l'Ouest sauvage.

— Ah oui, flûte, grogna Alvin le Sournois.
Dans ce cas, je vais me contenter de liquider son
compagnon.

Il posa le filet dont La Denture était prisonnier.

— Stop ! s'écria Harold. Vous commettez une
terrible erreur. J'ignore lequel de ces dragons
est la relique… aucun d'eux n'a de dents !

« Décidément, ce garçon est drôlement vif
d'esprit », pensa La Denture.

— Double flûte ! jura Alvin le Sournois. Mais
bon sang, il faut bien que je tue quelqu'un ou
quelque chose, histoire de marquer le coup…
S'il te plaît, mère, laisse-moi liquider Harold. Il
n'a rien d'une relique royale, que je sache.

— Certes, mais il a l'étrange faculté de les
dénicher, fit observer Burgondofore. Bien sûr,
tu le tueras, mon ange, et je suis certaine que tu
feras de cette exécution un spectacle des plus

réjouissants, mais je crains qu'il ne faille remettre cette distraction à plus tard. Laissons-le d'abord trouver la Pierre-Dragon… Ce chien galeux attire les reliques comme un aimant. Tâchons pour le moment de le motiver, et il se trouve que je n'ai pas mon pareil pour motiver les jeunes gens.

« Par Thor, frissonna Harold, pétrifié de peur. Je sens que ça ne va pas être une partie de plaisir… »

Hubert le bibliothécaire sadique et pervers s'éclaircit la gorge, se glissa auprès de la Sorcière puis s'exprima avec la plus extrême obséquiosité.

— Puisque vous parlez de motivation, il me semble que vous avez promis la liberté à celui qui vous livrerait le traître de l'Ouest sauvage. Il

Harold a l'étrange faculté de dénicher les reliques royales…

y a si longtemps que j'ai quitté ma chère biblio-
thèque. Je me languis de la retrouver. La liberté,
Sorcière, voilà tout ce que je réclame. *La liberté.*

Frappés par ce discours, les esclaves répétèrent
mécaniquement cette supplique nostalgique.

— La liberté... La liberté...

Hubert était impatient de regagner sa biblio-
thèque, d'errer dans ses interminables galeries,
de veiller sur ses précieux volumes, de liquider
les importuns et les fauteurs de trouble. En esprit,
il s'y trouvait déjà, parcourant ce labyrinthe de
rayonnages dans la pénombre glaciale.

Mais...

... s'il existait un être sur cette bonne vieille
terre moins reconnaissant qu'Alvin le Sournois,
c'était bien sa mère, la Sorcière Burgondofore.

Elle avait eu ce qu'elle voulait : Harold, qui lui
permettrait de dénicher la Pierre-Dragon. Il
était désormais inutile de se soucier de ses
méprisables esclaves.

— La liberté ? ricana-t-elle, feignant la surprise.
Qu'est-ce que c'est que cette absurdité ? Les
esclaves ne peuvent pas être affranchis. La
Marque qui orne leur front est indélébile.

— Mais... bredouilla Hubert. Vous avez dit
qu'elle pouvait être brûlée... Vous avez promis...

— Si j'ai pu, je l'admets, prononcer ce pieux mensonge, c'est parce que je suis déterminée à gagner cette guerre... pour le bien de tous ! Tu peux retrouver tes camarades, Bibliothécaire. Je ne te retiens pas.

Et c'est ainsi que Hubert apprit à ses dépens ce que valait la parole d'une sorcière.

— À présent, poursuivit Burgondofore en s'accroupissant aux côtés de Harold, je vais te confier une mission, monsieur L'As-du-déguise-ment-collectionneur-de-reliques. Je veux que tu me ramènes la Pierre-Dragon avant... disons... que trois heures ne se soient écoulées. Sinon, je ne me contenterai pas de tuer ce Hooligan aux narines démesurées. Je massacrerai tous ceux qui se trouvent en ces lieux. Sur ce, il ne me reste plus qu'à régler le Bidule-qui-fait-tic-tac...

Tic-tac, tic-tac.

— Trois heures ? s'étonna Alvin le Sournois en se tournant vers la porte orientale de la forteresse entrouverte sur les sables écarlates. Le crois-tu capable de trouver la Pierre-Dragon en l'espace de *trois* heures ? Franchement, mère, voyons les choses en face. Les Champs d'ambre ont été passés au tamis par des milliers et des milliers d'esclaves. S'ils n'ont pas déniché la relique, comment pourrait-il accomplir cette tâche en trois heures ? Et puis… certains affirment qu'elle ne se trouve même pas ici. Tu sais bien que Barbe-Sale le Grave jouissait d'un sens de l'humour très particulier…

Alvin secoua le crochet fixé au bout de son bras droit et ajouta :

— N'oublie pas que c'est à cause de lui et de son maudit cercueil piégé que j'ai perdu ma main…

— Harold est un dénicheur de reliques hors pair ! hurla la Sorcière. Il a trouvé la Couronne de l'Ouest sauvage en très exactement trois heures, je te le rappelle, alors que Bruno la Breloque la cherchait sans succès depuis vingt ans ! Fais-moi confiance, c'est le genre de garçon qui a besoin de contraintes horaires.

Oh, pour l'amour de Thor, l'affreuse femme avait définitivement perdu la tête.

— J'aimerais que tu m'autorises à lui régler son compte sans plus attendre, grommela Alvin. Il a si souvent échappé à mon crochet… Souviens-toi de ce qui s'est passé à l'Académie d'escrime de Bruno la Breloque, et dans la forêt de Touchefil.

— Nous ne répéterons pas nos erreurs passées, rétorqua Burgondofore. J'en ai tiré la leçon. La dernière fois, je l'ai laissé s'aventurer seul dans les galeries souterraines menant à la Fontaine de feu. Désormais, nous ne quitterons pas ce petit cafard du regard. Non, pas une seule seconde…

Sur ces mots, elle se tourna vers les guerriers Vizigros chargés de veiller sur sa sécurité.

— Confiez-lui la carte ! Conduisez-le à son char ! Procurez-lui des épuisettes ! Coiffez-le de son casque et…

— Je n'aurai pas besoin de casque, interrompit Harold.

La Sorcière ignora sa remarque.

— Bref, donnez à ce misérable avorton tout l'équipement nécessaire !

Guerriers et esclaves se dispersèrent dans la forteresse à la recherche du matériel indispensable à la récolte. Cinq minutes plus tard, Harold se retrouva sur le pont du *Macareux belliqueux II*, épuisette dans une main et carte de Barbe-Sale dans l'autre, casque enfoncé sur sa tête.

Krokmou et La Denture, toujours prisonniers des filets de Hubert, avaient été suspendus à la poupe du char royal. Entre les mailles, ils considéraient Harold d'un œil accablé.

Une armada de chars à voile se rassembla autour du véhicule de Harold. Ses occupants brandissaient des couteaux, des épées, des dagues, des haches, des arcs et des bâtons.

215

La Sorcière ne voulait rien laisser au hasard.

L'un de ses nervis braquait son lance-fusées en direction de notre héros. Tout comme les mercenaires qui manœuvraient un dispositif capable de lancer six javelots à chaque coup. Et ceux qui portaient des arbalètes conçues pour décocher des salves de vingt flèches. En outre, Alvin avait remplacé son crochet par Excralibouille, l'épée la plus redoutable du monde barbare, juste au cas où l'affaire tournerait au combat singulier.

— Pas de geste brusque, siffla la Sorcière, ou nous t'envoyons rejoindre tes ancêtres en deux temps trois mouvements. Laskar le Viandard, montre-lui de quoi est capable ton lance-javelots.

L'individu en question actionna un levier. *Tching ! Tching ! Tching ! Tching ! Tching ! Tching !* Six projectiles fendirent les airs puis vinrent se ficher dans le sable, décrivant un cercle parfait autour du *Macareux belliqueux II*.

— Un seul javelot suffirait à me précipiter dans l'au-delà, bégaya Harold. Ce déploiement de force est un peu démesuré…

— Tais-toi, et trouve-nous cette maudite pierre ! hurla Alvin le Sournois.

15. Un phénomène surnaturel

D'innombrables paires d'yeux fiévreux et avides se posèrent sur Harold.

Bon, cette fois, convenons qu'il se trouvait dans une situation vraiment très, très délicate.

Il jeta un œil à la carte, espérant qu'un détail lui sauterait au visage, mais il avait étudié ce document un nombre incalculable de fois sans jamais en tirer le moindre enseignement. C'était comme si le hareng dessiné par Barbe-Sale le Grave lui riait ouvertement au visage.

La visière de son casque se referma brutalement, produisant un son comparable à celui d'une cloche sonnant le glas.

Le Macareux belliqueux II fonçait toutes voiles dehors sur les sables écarlates des Champs d'ambre.

Des centaines de guerriers et d'esclaves filaient dans son sillage.

Un œil extérieur aurait pu juger la scène amusante. Le char à voile de Harold zigzaguait de façon erratique. La meute de soldats et de prisonniers lancés à sa poursuite reproduisait à l'identique cette trajectoire imprévisible.

— Trouve-moi cette relique ! hurla la Sorcière. *Maintenant !*

Harold parcourut ainsi quelques kilomètres avant de s'immobiliser.

L'armada de l'Ouest sauvage l'imita.

— Vous allez devoir vous écarter un peu, messieurs, lança Harold. Je ne pourrai pas exploiter mon sixième sens, si vous restez sur mon dos.

— Faites de la place à ce minus ! cria la Sorcière. Mais pas trop ! Là ! Un peu plus ! Encore, encore… Voilà… Mais non, bon sang, pas autant !

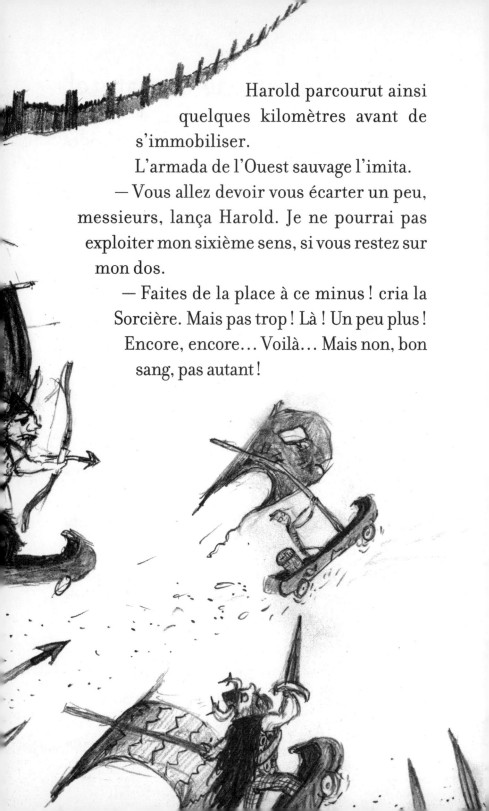

Comme si les choses n'étaient pas assez compliquées, le panier d'osier placé à l'arrière du *Macareux belliqueux II* ralentissait sa course.

Comme si on l'avait lesté de pierres.

Mais Harold avait sa petite idée sur l'origine du phénomène.

« Ces grands yeux innocents... J'aurais dû m'en douter. »

Quand il eut pris un peu d'avance et fut certain que ses poursuivants ne pouvaient l'entendre, il souleva sa visière (non sans difficulté, car ses écrous étaient plus grippés que jamais) et chuchota du coin des lèvres :

— Qu'est-ce que tu fiches ici, Kamikazi ? Je t'avais demandé de quitter la prison. Et d'ailleurs, comment savais-tu que j'allais emprunter ce char à voile ?

— J'ai lu l'inscription à l'arrière, répondit le panier. Qui d'autre se baladerait à bord d'un char baptisé *Le Macareux Belliqueux II* ? De plus, je n'ai jamais entendu parler de cette Kamika-*truc*. Je ne sais absolument pas de qui tu parles.

— Kamikazi, je sais que c'est toi qui te caches dans ce panier. Pourquoi n'es-tu pas partie avec tes amies ?

— Elles sont surentraînées, chuchota la jeune fille. Elles n'ont pas besoin de moi pour raccompagner Hildegarde auprès de sa tribu. Si tu crois que je vais de nouveau te tourner le dos, tu te mets le doigt dans l'œil, Harold Horrib'Haddock, troisième du nom. Désormais, je ne te lâcherai plus d'une semelle. Alors, dis-moi, quelle est la situation ?

— Oh, la routine, dit Harold. J'ai trois heures pour trouver la Pierre-Dragon. Si j'échoue, la Sorcière a promis de tuer tous les occupants de la prison.

— Rien ne prouve que la relique se trouve dans les Champs d'ambre.

— Cette vieille folle en est pourtant persuadée.

— Alors, on passe à l'attaque ? demanda Kamikazi. Je suis lourdement armée : outre mes deux épées, j'ai une dague que je peux glisser entre mes dents si nécessaire.

— Ce ne sera pas suffisant, estima Harold en se tournant vers les guerriers qui faisaient voile dans leur sillage, lames et lance-fusées brandis, regards homicides braqués sur leur cible, arcs bandés à se rompre.

— Dans ce cas, quel est ton plan ? demanda Kamikazi.

Harold lâcha un soupir.

La vérité, c'est qu'à cet instant précis, il était à court de stratégies.

L'immense plage qui s'étendait devant ses yeux, l'armée de crétins équipée des armes les plus redoutables que l'esprit humain ait jamais conçues, tout cela sapait sa créativité.

À nouveau, la peur pesait sur ses entrailles comme du porridge froid.

— Je ne suis pas encore fixé, marmonna-t-il. Tel que je connais ce farceur de Barbe-Sale, la Pierre-Dragon se trouve sans doute à l'autre bout de l'Archipel.

— Ah, tu l'admets enfin ! se réjouit Kamikazi.

— Ne vous laissez pas distancer, hurla la Sorcière à l'adresse de ses guerriers. Il ne doit pas sortir de votre champ de vision. Tenez-vous prêts à l'abattre à la moindre entourloupe.

Puis elle s'adressa à notre héros.

— Eh bien, tu n'as toujours rien trouvé, petite crevette putride ?

C'est alors qu'un événement extraordinaire se produisit devant les yeux de Burgondofore, d'Alvin et de leurs sujets.

Ils crurent assister à un miracle.

À quelque phénomène magique ou surnaturel.

Ils étaient des milliers, armes pointées vers l'ennemi dont le casque scintillait au soleil. Les grandes voiles dont leurs chars étaient équipés leur auraient facilement permis de rattraper le *Macareux Belliqueux II* (d'autant que sa course était ralentie par le poids de sa passagère clandestine).

En toute logique, il était strictement impossible que leur cible leur glisse entre les doigts.

Ouais, strictement impossible.

Il se trouvait devant eux, essayant tant bien que mal de contrôler la trajectoire imprévisible de son vieux char à voile, qui déviait encore et toujours vers la gauche.

Une seconde plus tard, une bourrasque se souleva, puis l'air se troubla, comme si une brume scélérate s'était soudainement abattue sur la plage…

Un cri aigu se fit entendre, puis Harold, son char et son panier disparurent aux yeux de leurs poursuivants.

C'était tout simplement invraisemblable.

En un instant, ils s'étaient volatilisés.

Mâchoires ballantes, les guerriers sidérés observèrent longuement la dune où l'Exilé avait

disparu. Leurs borborygmes exprimaient la stupeur et l'incrédulité.

— Où est-il passé ? glapit Anthrax la Gencive, l'âme damnée d'Alvin, qui tenait la barre du char royal. Il s'est comme… évaporé.

— NOOOOOON ! hurla la Sorcière. Non ! Non ! Non ! Non ! Non !

Anthrax se porta à l'endroit précis où le phénomène s'était produit.

— C'est impossible ! s'étrangla-t-il. Tout bonnement impossible !

— Je te l'avais bien dit, mère, dit Alvin. Cela fait des années que cet avorton m'en fait voir des vertes et des pas mûres. Nous aurions dû le supprimer lorsqu'il était à notre merci. J'avais aiguisé mon crochet pour l'occasion.

Prendre sa mère en défaut lui procurait une certaine satisfaction, même si sa situation n'avait en réalité rien de très réjouissant.

— Il nous a échappé, et le pire, c'est qu'il est en possession de la carte, ajouta-t-il.

— Je ne peux pas le croire ! s'égosilla Burgondofore. Il se cache forcément dans les parages ! CREUSEZ ! CREUSEZ, sombres crétins, CREUSEZ !

Sur ces mots, joignant le geste à la parole, elle bondit de son char et commença à gratter le sol de ses ongles métalliques à la manière d'un fox-terrier impatient d'enterrer son os, arrachant à la plage d'énormes brassées de sable. Comme si, par quelque prodige, Harold, son char et son équipement avaient pu, en l'espace d'une seconde, creuser une galerie et y trouver refuge.

Les guerriers et les esclaves s'emparèrent de pelles puis criblèrent la plage d'excavations, comme ils le faisaient chaque jour depuis qu'ils avaient été réduits en esclavage.

Il est là-haut ! Je le sais ! Oui, de mes yeux morts, je le vois !

Soudain, la Sorcière se figea et huma l'air ambiant.

Elle tomba à quatre pattes puis effectua une série de bonds dans les airs, à la façon d'un chat saisi de vertigo, tentant de saisir un objet invisible entre ses mains squelettiques.

— Il est là-haut ! grinça-t-elle. Je le sais ! Je le sais ! Je le *vois* ! Oui, de mes yeux morts, je le vois !

Il faut reconnaître que le comportement de cette femme avait quelque chose de déroutant.

Les guerriers qui contemplaient ce spectacle échangèrent des regards perplexes.

— Oh, elle a définitivement sombré dans la folie, dit l'un d'eux.

— Elle n'a jamais été très nette, soupira un autre, mais cette fois, on dirait que nous l'avons définitivement perdue…

Les Vikings formaient un peuple superstitieux. Ils se laissaient facilement impressionner par les phénomènes inexpliqués.

— Mais vous avez vu ce qui est arrivé au garçon ? La façon dont il a disparu ?

— Il paraît qu'il s'est évadé de Fort Sinistrum par la voie des airs, il y a quelques années. Il s'est envolé, tout simplement, sans dragon, sans rien…

— Non ?!

— Si, je le jure sur les cornes de mon meilleur casque. Se pourrait-il que ce…

— JE VOUS CONSEILLE GENTIMENT DE LA BOUCLER ! rugit Alvin le Sournois. Le prochain traître qui ose ouvrir la bouche aura une petite discussion avec mon épée, dont la soif de sang, comme vous le savez, est inextinguible.

Le silence se fit.

— La moitié d'entre vous, mettez-vous à genoux et creusez ! L'autre moitié, sautez dans les airs, au cas où le garçon s'y serait caché !

Les peuples de l'Archipel s'exécutèrent.

Et si Thor, du haut des cieux, avait pu observer ce spectacle insolite, il aurait sans doute été consterné par la situation dans laquelle se trouvaient les fières tribus barbares.

Ils étaient des centaines et des centaines à transformer la plage en gruyère et à sauter comme des cabris…

Tout cela n'était ni très héroïque ni très rationnel.

16. De très sales draps

L'un dans l'autre, c'était assez tordant. La disparition magique de Harold avait profondément entamé le moral d'Alvin, de la Sorcière et des guerriers lancés à ses trousses.

Cependant, comme tu l'auras sans doute deviné, cher lecteur, cette disparition ne devait rien à la magie.

En vérité, notre héros avait été enlevé par l'Ombre de la mort, la créature qui avait reçu de Furax l'ordre de l'assassiner.

Krokmou et La Denture n'étaient pas dupes. Grâce à leurs yeux perçants, ils avaient observé la scène depuis la poupe du char royal, entre les mailles des filets qui les retenaient prisonniers.

— Je t'avais pourtant mis en garde, chuchota le vieux reptile. Mais il a prétendu que je me faisais du souci pour rien. Pour rien, tant que ce rien ne s'était pas manifesté, et c'est maintenant chose faite... Bon, au moins, il porte son casque...

— Malheur, soupira tristement Krokmou. Que va-t-il devenir maintenant que je ne peux plus veiller sur lui ? Il a besoin de moi... Je suis l'une des reliques royales... et la plus précieuse d'entre toutes.

Au moins,
il
porte son
casque...

227

— Ooooooh ! lança Kamikazi à l'intérieur du panier. Tu avais donc un plan, je le sentais, je le savais…

En vérité, Harold essayait encore de comprendre ce qui venait de se passer.

Ils avaient été capturés par un être invisible. Sans doute s'agissait-il d'un Dragon furtif, une espèce dont il avait déjà pu observer plusieurs spécimens.

Saisi d'un désagréable sentiment de malaise, Harold se souvint des mises en garde insistantes de La Denture. Était-il tombé entre les serres de la créature qui avait déchiqueté sa paillasse, dans le dortoir de la prison du Cœur noir ?

— Ça ne faisait pas partie d'un plan, confessa Harold. Enfin, en tout cas, pas de *mon* plan. Je crois que c'est Furax qui est derrière tout ça. Nous avons été enlevés par un Dragon furtif chargé de nous éliminer.

— Oh, formidable ! s'exclama Kamikazi blonde et sauvage, en jaillissant de son panier comme un diable de sa boîte. J'adore les dragons furtifs !

— Moi aussi, dit Tornade en émergeant à son tour du panier, arborant une splendide teinte rosée.

— Je crois que tu ne vas pas aimer ce dragon furtif-*là*, assura Harold entre deux claquements de dents.

Kamikazi ne se laissa pas démonter.

— Quoi qu'il en soit, je vais préparer ma hache de secours, dit-elle en replongeant dans le panier. Et j'ai une épée de rechange à te confier.

Comme tu le vois, je ne suis pas du genre à voyager léger. Ah, que ferais-tu sans moi ? Oh, tout cela est terriblement excitant ! Ça me rappelle le bon vieux temps !

230

Harold ne voulait pas doucher l'enthousiasme de son amie, mais ils n'avaient à l'évidence aucune chance de vaincre une créature aussi puissante et sophistiquée.

Pris de nausée, il se pencha au-dessus du bastingage et contempla les Champs d'ambre qui défilaient à une vitesse vertigineuse. D'une main moite et tremblante, il saisit l'épée que lui tendait Kamikazi.

Quelques instants plus tard, l'Ombre de la mort se posa souplement sur une dune puis, sans lâcher le char et ses occupants, poussa un hurlement à déchirer les tympans.

— Bas les pattes, gros LÂCHE translucide ! cria Kamikazi. Lâche-nous, et laisse-nous combattre comme des VIKINGS !

Estimant qu'il n'était plus nécessaire de se faire discrète, l'Ombre de la mort apparut dans toute sa splendeur. Harold put enfin découvrir à quelle espèce elle appartenait.

Oh-oh, nos héros étaient vraiment dans de très sales draps.

Il n'avait jamais observé semblable créature, mais il avait lu plusieurs ouvrages décrivant son anatomie et son comportement.

C'était une Ombre de la mort disposant de trois

têtes. Ces créatures soufflaient indifféremment flammes et éclairs. Sa robe verte était splendide. Elle mesurait trois mètres de haut pour neuf mètres de long. La teinte jaunâtre de ses six joues trahissait la présence de glandes gorgées d'un venin extrêmement concentré.

« Une créature aussi bien équipée possède-t-elle vraiment des glandes à venin ? pensa Harold. À ce point-là, ça s'appelle du surarmement. »

— Wow, soupira Tornade en lançant des œillades à la créature. Tu es de toute beauté, grande brute...

Harold essayait de se remémorer toutes les particularités de cette redoutable espèce, mais une seule pensée tournait en boucle dans son esprit : « Oh mon Dieu, il a l'air très en colère. »

WOOOOOF !

L'Ombre de la mort arracha nos héros à leur char et les cloua au sol, chassant brutalement l'air de leurs poumons.

La créature ouvrit ses gueules immenses puis, de ses six gorges, jaillit un cri irréel, grave et puissant, qui semblait provenir de toutes les directions à la fois. Il résonna jusqu'à la moelle épinière des deux petits Vikings et agita énergiquement le contenu de leur boîte crânienne.

Harold et Kamikazi perdirent momentanément connaissance.

Quand Harold reprit ses esprits, les trois gueules étaient grandes ouvertes. Il pouvait voir des muscles palpiter au fond de ces gouffres béants. Il comprit que la créature s'apprêtait à cracher le feu. Cette fois, ça ne faisait plus aucun doute, son existence touchait à sa fin.

À tout prendre, il était soulagé que tout se termine ainsi. Au moins, il connaîtrait une mort rapide. En outre, il ne pensait pas être en état de supporter un autre de ces cris.

Au moment où il ferma les yeux, prêt pour le grand saut dans l'au-delà, l'une des têtes lança :

— STOP !

Tout se figea.

Harold ouvrit prudemment les yeux.

Cette exclamation résonnait douloureusement sous son crâne.

Six yeux verts et stupéfaits l'étudiaient attentivement.

Le dragon semblait s'être changé en statue de sel.

Une langue rose et fourchue jaillit de la gueule la plus proche...

... puis glissa vers le menton de Harold. Avec

une grande délicatesse, elle s'enroula autour des pinces de homard suspendues autour de son cou. Les six yeux se rapprochèrent. À l'évidence, ils ne pouvaient pas croire ce qu'ils voyaient.

Le feu haineux qui y brûlait s'éteignit soudainement, comme la flamme d'une chandelle soufflée par le vent.

Parfaitement immobile, la créature semblait scruter le passé.

La tête centrale s'exprima d'une voix profonde, teintée de nostalgie, qui résonna en écho dans le cœur de notre héros.

— *Il porte le collier à pinces de homard...*

— *Les pinces*, sifflèrent joyeusement les deux autres têtes. *Les pinces... Les pinces... Les pinces...*

Il porte le collier
à pinces
de homard...
Les pinces...
Les pinces...
Les pinces...

17. Les deux quêtes
de Harold Horrib'Haddock

— On m'en a fait cadeau, expliqua Harold.

Les trois têtes de l'Ombre de la mort tressaillirent, stupéfaites d'entendre un humain s'exprimer en dragonais. Puis elles parlèrent simultanément, produisant une cacophonie infernale.

— Ainsi, ce collier ne t'appartient pas?

— Qui te l'a confié?

— Où est son propriétaire? Est-il vivant?

Les questions fusaient de toutes les directions. Les voix de l'Ombre de la mort étaient étranges et confuses, comme si elles résonnaient dans une immense caverne. Harold sentit la tête lui tourner.

— Celui qui me l'a confié est encore en vie... Enfin, je l'espère... Je suis à sa recherche. C'est pour cette raison que je me trouve ici.

Les têtes se firent plus fermes, vaguement menaçantes.

— Es-tu certain que tu ne l'as pas volé?

— Est-ce bien la vérité?

— Ah, celui qui te l'a donné est encore en vie?

Harold sentit ses tripes se nouer.

— J'espère sincèrement qu'il est encore de ce monde, car c'est mon meilleur ami.

À cet instant, l'image de Findus se forma dans son esprit. Findus, avec son sens de l'humour sarcastique et ses lunettes de travers. Pendant un moment, ce fut comme s'il se trouvait devant lui en chair et en os, prêt à lancer une remarque ironique concernant l'aspect inhabituel de l'Ombre de la mort.

— Regarde par ici ! grondèrent les trois têtes. Par ici ! Par ici ! Par ici !

Ce sifflement glaçait le sang de Harold. Les trois têtes se mirent à bourdonner, apparaissant et disparaissant par intermittence. La silhouette du monstre se fit scintillante, imprécise, multiforme. On aurait dit... une sorte de... labyrinthe de miroirs... Tiens, ces mots avaient quelque chose de familier aux oreilles de notre héros. Où les avait-il entendus ?

Harold s'était longuement entraîné à résister au regard hypnotique des dragons. Ceux qui le soutenaient trop longtemps perdaient toute volonté, étaient gagnés par la nausée puis sombraient dans l'inconscience.

Chez certaines espèces, ce regard agissait comme un sérum de vérité. Or, Harold était confronté à *trois* paires d'yeux. Il fixa délibérément les six globes scintillants où se reflétaient les nuages. Il eut la nette impression qu'ils pénétraient son esprit et se frayaient un passage jusqu'au tréfonds de son cerveau.

C'était comme si ces yeux arrachaient à sa boîte crânienne ses pensées les plus intimes.

Comme prévu, au bout de quelques secondes, Harold sentit la tête lui tourner et son estomac se retourner. Il ferma les yeux une fraction de seconde avant de perdre connaissance.

Le dragon desserra son étreinte autour du corps de ses prisonniers. Ces serres qui, quelques minutes plus tôt, s'apprêtaient à les tailler en pièces les déposèrent doucement sur le sable.

— Par Thor, Wotan et les jolies petites nattes de la déesse Freya, qu'est-ce qui se passe ? s'étonna Kamikazi, à bout de souffle, en contemplant l'Ombre de la mort avec un mélange de crainte et d'admiration.

— Je ne sais pas trop, s'étrangla Harold. Mais ça a quelque chose à voir avec Findus et son collier à pinces de homard. Ceci étant dit, nous ne sommes pas sortis des ronces. Je crois que cette grosse bête n'a pas encore décidé ce qu'elle allait faire de nous.

L'Ombre de la mort se mit à décrire des cercles autour de nos héros à la façon d'un fauve. Au fond de ses gorges, un ronronnement se fit entendre.

Mais il ne s'agissait pas d'un ronronnement de satisfaction. Harold, qui connaissait bien les habitudes des dragons, comprit qu'il s'agissait d'un ronronnement de *réflexion*. Krokmou agissait de la sorte chaque fois qu'il hésitait à gober un objet présenté comme non comestible.

Harold et Kamikazi demeurèrent parfaitement immobiles. Cette dernière, qui avait compris que sa vie ne tenait qu'à un fil, parvint même à tenir sa langue. La créature continua à tourner autour d'eux, ses trois têtes chuchotant avec nervosité. Puis elle retrouva son invisibilité. On n'entendait plus que son pas lourd sur le sable. De temps à autre, de subtils déplacements d'air trahissaient sa position.

L'Ombre de la mort décrivit ainsi quinze cercles avant de réapparaître, plantée devant nos héros, ses cous se balançant comme des cobras devant un charmeur de serpent.

Enfin, la tête centrale prit la parole.

— Nous avons délibéré après avoir scruté tes pensées, dit-elle.

Harold hocha respectueusement la tête.

— Tu mènes deux quêtes à la fois, jeune Viking. La première, comme tu l'as admis, consiste à retrouver ton ami. Et tu espères sincèrement qu'il est encore en vie.

La tête de gauche poussa un grognement approbateur et cracha un jet de flammes aux pieds de nos héros.

— Tu as dit la vérité, reprit la tête centrale. Mais comme nous l'a indiqué Furax, tu mènes une seconde quête. Tu es à la recherche de la Pierre-Dragon, une entreprise qui pourrait avoir de terribles conséquences... Car cette relique n'est pas un joyau ordinaire. Si un humain connaissait son secret, il pourrait utiliser son pouvoir pour tuer non pas un mais tous les dragons. Il nous promettrait ainsi à l'extinction pure et simple. Et toi, tu la recherches avec acharnement...

Cette fois, la tête de droite lâcha un grondement — on aurait même pu parler d'un rugissement — puis cracha une boule de feu qui frôla la tête de Harold et Kamikazi. Par chance, la tête centrale, anticipant ce geste de mauvaise humeur, avait bousculé sa consœur afin de leur sauver la vie.

— Nous voilà confrontés à un dilemme, dit la tête centrale. Car nous avons prêté deux serments. À Furax, qui nous a chargés de t'éliminer, et à... une autre personne,

242

il y a très longtemps. Innocence, sur ma droite, aimerait t'aider à trouver ton ami, car il revêt une grande importance à nos yeux. Arrogance, sur ma gauche, serait d'avis de te massacrer.

La tête marqua une pause avant de poursuivre son monologue.

— Il se trouve que ma voix est prépondérante lorsque nous procédons à un vote. Et comme notre promesse la plus ancienne est prioritaire, nous allons te prêter assistance.

Harold lâcha un soupir de soulagement. Une fois de plus, il avait frôlé la catastrophe d'un cheveu.

— Merci, dit-il. Tout ce que je peux dire, c'est que d'autres humains cherchent la Pierre-Dragon, et qu'ils sont déterminés à s'en servir pour vous éliminer.

— Ah, lâcha tristement la tête centrale. Mais ils n'ont aucune chance de la trouver sans ton aide.

L'Ombre de la mort s'accroupit à côté de nos héros.

— Montez, lança la tête centrale. Conduisez-nous à votre ami.

Harold n'en croyait pas ses oreilles. Était-il en train de rêver ?

Quel incroyable retournement de situation…

Le dragon qui avait promis de l'assassiner se proposait désormais de lui venir en aide.

L'espace d'une seconde, Harold se demanda s'il s'agissait d'un coup fourré, si l'Ombre de la mort n'allait pas tout simplement les livrer à Furax.

— Qu'est-ce que tu fabriques ? demanda Kamikazi, stupéfaite, en voyant son ami grimper sur le dos invisible de la créature. Je te signale que ce dragon vient d'essayer de nous tuer !

— On dirait qu'il a changé d'avis, expliqua Harold. Alors, tu viens avec moi ?

Personne au monde n'était aussi changeant que Kamikazi.

— Un peu que je viens avec toi ! s'exclama-t-elle en glissant ses deux épées et sa hache de secours dans sa ceinture.

Elle s'installa derrière Harold, rayonnante de joie.

— Quelle brave bête, ajouta-t-elle en caressant les flancs flous de l'Ombre de la mort. Quand je te disais que j'ai toujours adoré les dragons furtifs.

— Tout comme moi, couina Tornade, les écailles roses de passion, en slalomant lascivement entre les trois têtes monstrueuses.

— Ce n'est pas un dragon furtif. C'est une Ombre de la mort.

Puis, s'adressant à la tête centrale :

— Au fait, si tes frères sont Innocence et Arrogance, quel est ton nom ?

— Patience, répondit l'intéressé, car c'est la qualité dont il me faut faire preuve pour arbitrer leurs différends.

Sur ces mots, la créature prit son envol…

18. À la recherche de Findus

À cet instant, pour quelque raison obscure, l'histoire de Hildegarde revint à la mémoire de Harold.

— Mets le cap à l'est, dit-il, vers l'Estuaire du Mal... Nous sommes à la recherche d'un rocher ressemblant au doigt d'une sorcière.

L'Ombre de la mort vola vers l'orient. Même si Harold doutait de l'existence de ce rocher maudit, il redoutait de le voir apparaître à l'horizon. Cependant, il devait en avoir le cœur net et savoir une fois pour toutes

si l'histoire de la fillette était une fable ou un témoignage authentique.

Des nuages noirs se formèrent tandis que le dragon approchait de l'Estuaire du Mal, si bien qu'il dut filer à basse altitude au-dessus des dunes écarlates. Ce voyage semblait durer une éternité… Était-il possible que Findus ait parcouru une telle distance à bord d'un modeste char à voile ?

Nous sommes à la recherche d'un rocher ressemblant au doigt d'une sorcière…

Soudain, Harold sentit son sang se glacer dans ses veines. Il était là, droit devant, ce haut rocher planté de guingois, évoquant le doigt d'une sorcière dressé vers le ciel. Non loin de là, point minuscule perdu dans les sables, se dessina la silhouette d'un char à voile.

— **Descends**, Ombre ! ordonna Harold, le cœur battant à tout rompre. **Descends** !

Lorsqu'ils se trouvèrent à proximité du véhicule, il constata qu'il était accidenté et penché sur le flanc.

Désespéré, il chercha vainement la silhouette dégingandée du pauvre Findus.

Bien sûr, il ne pouvait pas se trouver là. Soudain, tout espoir l'abandonna et il dut regarder la vérité en face.

La fable qu'Hildegarde avait racontée, deux nuits plus tôt, cette histoire de monstre et de jeune esclave, était le récit d'un événement authentique.

Un événement dont la fillette avait été *témoin*.

Oui, elle s'était trouvée là lorsque le monstre avait surgi de nulle part et entraîné Findus sous le sable.

Voilà qui expliquait son abattement et sa nervosité. Si elle s'était confiée à Harold, c'est parce qu'elle était à bout, incapable de taire plus longtemps ce souvenir cauchemardesque…

19. Tout est mal qui finit mal

L'Ombre de la mort se posa délicatement près du char de Findus.

Harold mit pied à terre et courut vers le matériel éparpillé aux abords de l'épave.

Au fond, rien ne démontrait qu'il avait appartenu à son camarade…

Peut-être un autre chercheur d'ambre avait-il disparu en ces lieux. Ce pouvait être N'IMPORTE QUI. Après tout, chaque jour, des esclaves disparaissaient dans les parages.

Soudain, Harold remarqua un objet à demi enfoui dans le sable.

D'une main tremblante, il l'exhuma. Et découvrit les restes broyés et mâchonnés d'un sac à dos.

Du précieux sac à dos de Findus, pour être plus précis.

Il l'avait confectionné dans le casier à homard que l'océan avait poussé jusqu'à l'île de Beurk, alors qu'il n'était encore qu'un bébé. Il y rangeait les maigres possessions qu'il était parvenu à rassembler au cours de sa brève existence. Un flacon de potion contre l'asthme confectionnée par le vieux Clovisse en tomba, se brisa et se vida de son contenu dans le sable, formant une grande tache rouge sang.

Harold tenta de redonner forme aux restes du casier.

La messe était dite. Cet objet prouvait que Findus n'était plus. Car il n'y avait à proximité nulle cachette où trouver refuge.

L'histoire du monstre des Champs d'ambre n'avait rien d'une fable. Ces faits s'étaient bel et bien produits, et Findus en avait été la victime.

Les têtes géantes de l'Ombre de la mort contemplèrent à leur tour la triste relique. Le pauvre animal semblait profondément abattu. Il avait longtemps gardé espoir, lui aussi, au mépris des évidences, et cet espoir venait de partir en fumée.

Les trois têtes flairèrent le sac.

— Quel était son nom? demanda Patience.

— Findus, répondit Harold entre deux sanglots.

— Findusssss, sifflèrent les trois têtes. Findusssss...
Findusssss... Findusssss...

Les cous de l'Ombre de la mort se mirent à
danser comme des cobras.

C'était comme si elles reconnaissaient le casier,
s'enivraient du parfum d'une époque révolue.
(Car rien ne rappelle mieux le passé
qu'un parfum familier.)
Inconsolable, Harold
tendit le casier à
la créature.

— Je n'aurais jamais dû accepter son collier porte-bonheur, sanglota-t-il. Je n'aurais jamais dû lui prendre le peu de chance que lui avait offert l'existence.

— Rien ne prouve qu'il est mort, dit Innocence en scrutant les lieux. Peut-être a-t-il réussi à s'enfuir. Il y a beaucoup d'îles dans l'Estuaire. Peut-être a-t-il trouvé refuge sur l'une d'elles. Peut-être est-il toujours ici...

— Tu es tellement naïf! grogna Arrogance. Toujours cette manie de ne voir que le bon côté des choses. Ce garçon a péri, voyons, c'est évident.

Submergé par le désespoir, Harold se jeta à plat ventre et fondit en sanglots.

L'Ombre de la mort pleurait, elle aussi.

Tout comme Kamikazi et Tornade, qui n'avaient pourtant pas la larme facile.

Tandis qu'il gisait sur le sol, Harold sentit la potion antiasthme dont le sable était gorgé imprégner sa combinaison ignifugée en peau de dragon.

Il pleura à si chaudes larmes qu'il ne resta bientôt de lui qu'une loque déshydratée, aux jambes, au ventre et au torse maculés de liquide écarlate.

De discrets glouglous se firent entendre, indiquant que la mer était sur le point de remonter.

CONTINUE, murmura une voix intérieure.

Continue et trouve la Pierre-Dragon.

Monte sur le trône et ceins la couronne.

Fais-le pour Findus et tous ceux qui l'ont aimé.

Harold essuya ses larmes d'un revers de manche.

Il plaça les restes du casier de Findus sur son dos et tituba vers l'Ombre de la mort.

Alors que Kamikazi s'apprêtait à l'imiter, une dispute éclata entre les trois têtes du monstre.

— Si ce Findusssss est mort, siffla Arrogance, nous ne sommes plus tenus par la promesse concernant le collier à pinces de homard.

— Mais rien ne prouve qu'il a péri ! fit observer Innocence.

Les deux autres têtes ne semblaient guère convaincues par cet argument.

— Et je vous rappelle que ce garçon est un ami de Findusssss, ajouta Innocence.

Patience semblait hésiter.

— Ce garçon recherche la Pierre-Dragon, ajouta Arrogance. Et nous savons qu'elle ne doit en aucun cas tomber entre les mains d'un humain... Si nous le tuons, au moins pourrons-nous tenir le serment fait à Furax, et la

254

relique demeurera à l'abri. Aucun homme ne serait capable d'en faire usage avec sagesse. Tôt ou tard, ces crapules sans ailes s'en serviront contre nous...

Arrogance savait qu'elle avait emporté l'adhésion.

Les trois têtes se tournèrent vers Harold.

— Oh-oh, murmura-t-il.

Les trois cous se tendirent vers notre héros.

Oh-oh, oh-oh, oh-oh.

L'Ombre de la mort bondit.

Et s'effondra sur le sol en hurlant.

OH-OH.

20. Oh mon Dieu

Oh mon Dieu, oh mon Dieu, oh mon Dieu.

Les mots me manquent, cher lecteur.

Oh mon Dieu, oh mon Dieu, oh mon Dieu, oh mon Dieu, OH MON DIEU.

Tu pensais que c'en était fait de notre pauvre Harold, n'est-ce pas ? Que plus rien ne pouvait désormais le sauver ? Mais... OH MON DIEU.

Sans doute avais-tu oublié un léger détail, de ces petites choses qu'il vaut mieux garder en mémoire, car elles finissent toujours par nous rattraper. Souviens-toi, cher lecteur, que les hommes d'Alvin avaient truffé l'Ouest sauvage de pièges à dragons, et que c'était l'un d'eux qui avait endommagé le char à voile de Findus. Mais ce que tu ignores sans doute, c'est que les guerriers posaient ces pièges deux par deux, de façon à capturer tout dragon qui se porterait au secours d'un de ses congénères.

CLAC ! Les mâchoires du second piège se refermèrent sur l'une des pattes avant de l'Ombre de la mort.

La créature bascula ses trois têtes en arrière et lâcha une triple plainte à faire dresser les cheveux sur la tête. Car les dragons des airs étaient des créatures sauvages qui redoutaient plus que tout au monde de se retrouver clouées au sol. Ce cri perçant exprimait une terreur et un désespoir absolus.

L'Ombre lança des éclairs aux quatre points cardinaux, si bien que Harold et Kamikazi durent se mettre à l'abri derrière le char de Findus. (C'était juste un réflexe, car l'épave n'aurait pu les protéger de ces décharges dévastatrices.)

Le dragon hurla et se débattit comme un diable sans parvenir à dégager sa patte.

Harold sortit discrètement la tête au-dessus de la coque du char et bredouilla :

— Je peux te libérer, mais il faut que tu me laisses approcher sans me rôtir vivant.

Il effectua un roulé-boulé pour éviter un éclair filant au ras de sa tête. Une odeur de cheveux brûlés se répandit dans l'atmosphère.

Le dragon observa quelques secondes de silence, puis ses têtes tinrent un bref conciliabule.

Enfin, Patience déclara :

— Très bien. Viens par ici, mon garçon.

Harold avança avec un luxe de précautions vers la créature allongée sur le flanc puis étudia le piège.

C'était un dispositif extrêmement complexe, sans doute le plus alambiqué qu'il ait jamais observé, un engin diabolique qui semblait tout droit sorti de l'atelier d'un horloger. Il était bien plus sophistiqué que ne l'exigeait sa fonction, comme si son concepteur avait cherché à se faire mousser devant ses collègues.

Harold caressa doucement les côtes du dragon.

— Je vais y arriver... dit-il. Je vais y arriver...

Thor soit loué, Harold avait passé les six derniers mois de son existence à désamorcer des pièges. Il ôta son gilet et s'agenouilla près du mécanisme.

L'œil méfiant, Kamikazi tira ses deux épées de sa ceinture et commença à décrire des cercles concentriques autour de l'Ombre de la mort. La chance semblait enfin avoir tourné en faveur de nos héros...

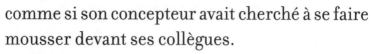

21. Un souvenir amer

L'Ombre de la mort se tenait tranquille.

Innocence se tourna vers Harold qui, de ses mains tremblantes, s'échinait à neutraliser le piège.

— Puisque nous avons un peu de temps à tuer, dit la tête, je vais te raconter l'histoire du collier que tu portes autour du cou. Ainsi, tu pourras la répéter à Findus, si tu le retrouves un jour.

— Il ne le retrouvera jamais, dit Arrogance d'une voix blanche. Ce garçon a péri, cela ne fait aucun doute.

— Raconte ton histoire, Innocence, dit Patience. Je me languis de l'entendre à nouveau.

Jamais, sans doute, histoire ne fut racontée en d'aussi étranges circonstances, par un grand reptile étendu sur le sable, au milieu de nulle part, sous la menace muette d'un monstre aux serres garnies de globes oculaires.

Chose étrange, au bout de quelques minutes, les mains de Harold cessèrent de trembler. Tout en écoutant Innocence, il poursuivit tranquillement son travail de désamorçage. La voix de la créature était douce, apaisante. Bientôt, notre héros oublia tout bonnement où il se trouvait. C'était

comme s'il écoutait un conte pour enfant, assis
confortablement près de la cheminée, dans sa
chère île de Beurk…

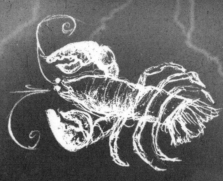

L'histoire du collier
à pinces de homard

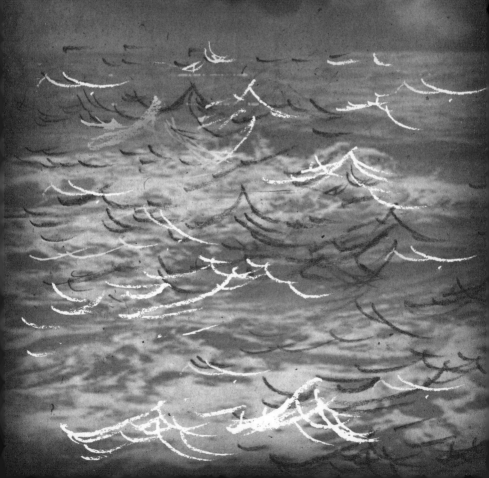

— Il n'y a pas si longtemps de ça, nous étions au service d'un humain, commença Innocence. Notre maîtresse était une jolie petite fille, mi-Homicide, mi-Touchefil.

— Tu devrais préciser qu'elle était douce et gentille, et qu'on aurait cherché en vain chez elle la moindre trace de cette folie furieuse propre aux Touchefils, interrompit Arrogance.

— Ses parents l'avaient baptisée Harpie, poursuivit Innocence, mais ce prénom ne lui convenait guère. En tant que fille du chef de la tribu Homicide, elle supportait mal le comportement de ses congénères et l'ambition démesurée de son père. Pour échapper à l'ambiance délétère qui régnait dans son village, elle fuguait dès que l'occasion se présentait, et nous partions explorer les îles de l'Archipel.

— C'était notre petit secret, précisa Patience.

— Nous avions déjà atteint l'âge adulte lorsque nous la rencontrâmes, mais en sa compagnie, nous retrouvâmes une seconde jeunesse. Même Arrogance était gaie en sa présence. Elle n'avait rien à voir avec les autres Homicides, qui battaient leurs dragons domestiques et ne leur

accordaient aucune liberté. Harpie était différente. Avec elle, nous ne formions qu'un seul être.

— Nos ailes étaient ses ailes, son cœur était notre cœur, soupira Arrogance.

— Durant toute son enfance, nous nageâmes dans le bonheur, dit Innocence. Puis elle devint une jeune fille, et s'abandonna à la plus absurde des faiblesses humaines.

— L'AMOUR, précisa Patience.

— Harpie tomba amoureuse d'un jeune pêcheur, un garçon très pauvre et très séduisant qui n'avait rien à voir avec l'héritier viking qu'Aristide l'Homicide, son père, souhaitait la voir épouser. Car ce chef rêvait d'un beau-fils fortuné, brutal et armé jusqu'aux dents, pas d'un gueux, quelles que furent sa beauté et sa gentillesse. Contre sa volonté, notre maîtresse épousa son bien-aimé. Mais la pêche en haute mer n'étant pas sans danger, le pauvre garçon, sa barque et ses filets disparurent un jour de tempête, et on ne les revit jamais.

— Quelle chose idiote que l'amour... grogna Arrogance. Quel singulier défaut de conception...

— Notre maîtresse, fort malheureuse, pleura toutes les larmes de son corps mais s'interdit de sombrer dans le désespoir, car elle portait l'enfant de son défunt mari. Ayant rejoint sa tribu, elle passait le plus clair de son temps accoudée à la fenêtre de la maison familiale, la tête posée contre mes flancs, en évoquant cet enfant à naître...

— Il serait grand et beau, comme son père, continua Patience, écrirait des vers, comme sa mère, se comporterait en héros — cela allait de soi —, mais sans les manières brutales de son grand-père Aristide. Il ne connaîtrait pas la peur, mais se montrerait doux avec les animaux. Oh, que de rêves elle formait pour ce bébé !

— Mais la réalité doucha les espoirs de cette pauvre Harpie, reprit Innocence. Lorsque l'enfant naquit, il fallut se rendre à l'évidence : il était ce que les humains appellent un avorton. Ils prononcent une phrase rituelle, en de pareils cas... Oh, je ne parviens pas à m'en souvenir...

— « Pour une tribu forte, les plus faibles à la porte »,

dit Harold en trifouillant les rouages du piège. Ou « Bienvenue aux musclés, malheur aux bras cassés ». Chaque île a son dicton...

— Comme c'est charmant... soupira Arrogance. Bref, Aristide l'Homicide, fou de rage, affirma que c'était la preuve que les dieux désapprouvaient l'union de sa fille et de feu son époux.

Patience prit la parole.

— Il nous ordonna de placer le bébé dans un casier à homard et de le livrer à l'océan, conformément à la tradition, afin de laisser Thor décider de son sort. La plupart des enfants ainsi abandonnés ne faisaient pas de vieux os. Comme tu le sais, rares sont les avortons qui atteignent l'âge adulte.

— Si Harpie avait été plus forte, elle se serait dressée contre son père afin de sauver son enfant, soupira Innocence. Mais le deuil et les efforts consentis pour donner naissance à l'avorton l'avaient laissée exsangue. Aussi fit-elle mine d'obéir. Cependant, elle se pencha à nos

oreilles et nous demanda de suivre discrètement le casier dès qu'il aurait échappé au regard d'Aristide, puis de le conduire jusqu'à l'île du Bout du Rouleau. « Je vous retrouverai dès que j'en aurai la force, dit notre maîtresse. D'ici là, Ombre, promets-moi de prendre soin de mon bébé. »

— Comme nous comprenons mais ne parlons pas la langue des humains, nous nous contentâmes de trois hochements de tête, expliqua Arrogance. Sans dire un mot, nous jurâmes sur notre sang et nos serres de protéger cet enfant. Et d'une promesse ainsi formulée, nul dragon ne peut se défaire. Harpie nous adressa un sourire las puis caressa nos joues. « Je vous fais confiance », dit-elle.

— La pauvrette, gémit Innocence. Elle demeura sur la plage tout l'après-midi, accrochée au bras de son impitoyable père, trop faible pour tenir sur ses jambes. Rassemblés

autour d'elle, les membres de la tribu observaient un silence solennel. Harpie s'adressa à son fils à voix basse : « Prends ce collier, témoignage de l'amour éternel que je te porte. Nous nous retrouverons, un jour, sur la douce île du Bout du Rouleau, et nous demeurerons à jamais l'un près de l'autre. » Sur ces mots elle ferma le petit poing du bébé autour des pinces de homard dont était garni le colifichet.

— Enfin, poursuivit Patience, de ses mains tremblantes, elle déposa l'avorton dans le panier à homard, borda soigneusement sa couverture afin qu'il ne prenne pas froid puis poussa le casier vers le large.

— Les Homicides allumèrent de grands flambeaux, comme ils le font lorsqu'ils célèbrent des funérailles, dit Arrogance. Ils lâchèrent une salve de flèches enflammées qui amerrirent à proximité du petit radeau. Le bébé ouvrit la

bouche et gazouilla gaiement. Il était émerveillé par cette pluie de feu tombée des cieux.

— Car il ignorait qu'on célébrait ses obsèques, précisa Patience. À ses yeux enfantins, tout ce qui l'entourait était splendide et passionnant. Bientôt, bercé par le léger roulis imprimé par les vagues et enivré par le spectacle des mouettes qui glissaient entre les nuages, il ferma les yeux et sombra dans un profond sommeil.

— Lorsque le casier disparut à l'horizon, poursuivit Innocence, Harpie, éplorée, tituba vers le village homicide, soutenue par son père fier et obtus. Derrière eux, les membres de la tribu formaient une procession funèbre et solennelle. Tapis dans les dunes, nous n'avions rien manqué de la cérémonie. Tandis que les humains désertaient la plage, nous prîmes notre envol sans que nul ne soupçonne notre présence. C'est à peine si quelques Vikings, alertés par l'air déplacé par nos ailes, levèrent la tête pour scruter le ciel avec perplexité.

— Harpie était de ceux-là, dit Patience. Nous la vîmes sourire, ses grands yeux las braqués sur le vide, exécuter le salut traditionnel barbare puis s'exclamer : « Nous nous retrouverons ! » Stupéfait, Aristide considéra longuement les nuages et estima que sa fille avait perdu la raison. Quant à nous, nous mîmes le cap sur le casier du bébé, qui n'était déjà plus qu'un minuscule point balloté par les flots.

— Il me suffit de fermer les yeux pour le revoir, soupira Innocence.

— Tout comme moi, confirma Patience, hantée par le passé. Je me souviens de cet instant comme si c'était hier.

— Pareil, lâcha Arrogance.

— La mer était calme, continua Innocence. L'enfant dormait tranquillement dans son petit radeau, filant droit vers l'est. Invisibles et silencieux, nous planâmes paisiblement au-dessus de la baie. Nulle créature ne possède une ouïe et une vue plus aiguisées que les dragons de notre

espèce. En dépit de la distance qui nous séparait du casier, nous pouvions l'observer avec précision. Pas une vaguelette n'avait atteint la couverture qui enveloppait l'enfant.

— Il dormait si paisiblement, son petit poing innocent serré autour du collier, dit Patience.

— C'était l'été, une saison durant laquelle la météo de l'Archipel peut se montrer changeante, reprit Innocence. Dès que le casier quitta la baie, un vent félon se mit à souffler. En quelques minutes, une tempête se forma puis le brouillard s'abattit sur les flots, un brouillard si dense que

nos yeux ne pouvaient le percer. En quelques battements d'ailes, nous perdîmes l'enfant de vue...

Patience et Arrogance mugirent à ce douloureux souvenir.

— Nous fûmes saisis de panique, continua Innocence. Le bébé ! Le bébé ! Nous lâchâmes un concert de hurlements, espérant l'effrayer et l'entendre pleurer. En vain. Nous volâmes au hasard, mais nous n'étions plus en mesure de différencier l'est de l'ouest et le nord du sud. Une heure durant, nous poursuivîmes nos recherches. À plusieurs

reprises, nous plongeâmes dans l'océan glacé, espérant pouvoir sauver l'enfant de la noyade… Mais lorsque le brouillard se leva… lorsque le brouillard se leva…

— L'avorton avait disparu, conclut Arrogance.

Les trois têtes de l'Ombre de la mort observèrent un silence sépulcral.

— Pendant deux semaines, nous le cherchâmes en vain, chuchota Innocence. Nous explorâmes chaque anse, chaque plage où le vent aurait pu le pousser. Et puis, un jour terrible, au fond d'une baie, loin, très loin à l'est, nous trouvâmes la couverture à carreaux bleu et blanc. Nous sûmes alors que le pauvre bébé avait sombré corps et bien, et rejoint son père au fond de l'océan.

— Et qu'est devenue sa mère ? demanda Harold.

Les trois têtes lâchèrent un soupir d'une infinie tristesse.

— La mort dans l'âme, nous regagnâmes le village homicide. Mon Dieu, quel crève-cœur… Nous savions qu'à voir nos mines bouleversées, elle saurait dans l'instant de quoi il retournait. Mais Harpie n'avait pas survécu à sa maladie. Au moins, elle avait rendu l'âme convaincue que son fils se trouvait en sécurité, sous notre protection, sur la petite île du Bout du Rouleau.

— Hein ? s'étrangla Harold. Harpie est morte ?

— Quel chagrin fut le nôtre ! pleurnicha Arrogance. C'était comme si le soleil s'était éteint à jamais.

— Et après, qu'êtes-vous devenus ?

— Nous nous sentions tellement coupables... dit Patience. Elle nous faisait confiance, la pauvrette, et nous n'avions pas tenu notre promesse. Nous volâmes jusqu'aux Montagnes homicides, où nous avions grandi, et tâchâmes d'oublier. D'oublier et de retourner à la vie sauvage. Treize années, cela fait si longtemps... Et puis, un jour, nous entendîmes l'appel de la Rage rouge et rejoignîmes la Rébellion des dragons. Rien de tel qu'une bonne guerre pour chasser les souvenirs douloureux. Ce n'est que lorsque nous vîmes le collier à pinces de homard autour de ton cou qu'ils nous revinrent en mémoire...

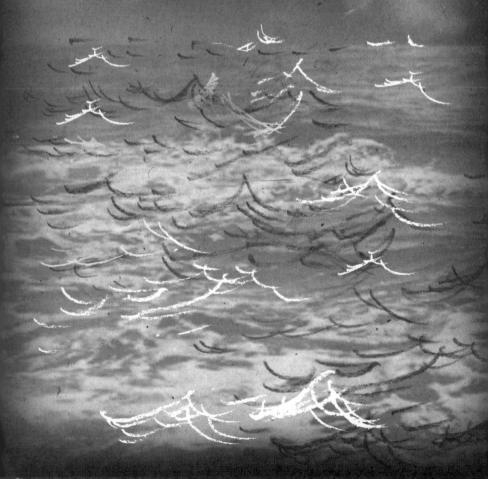

(Pas tout à fait la...)
fin

22. Tant qu'il y a de la vie…

Leur récit achevé, les trois têtes se turent. Harold observa quelques secondes de silence avant de prendre la parole.

— Eh bien, je suis en mesure de vous dire ce qu'est devenu le bébé, dit-il. Les flots l'ont déposé sur la grand-plage de l'île de Beurk, fief des Hooligans Hirsutes. Ils lui ont construit une hutte puis l'ont confié à un Dragon-Nourrice à longues oreilles. Et c'est ainsi que Findus est devenu mon meilleur ami.

— Ah, qu'est-ce que je disais ? lança Innocence. J'ai toujours maintenu qu'il nous fallait garder confiance, et vous m'avez envoyé paître !

— Je dois admettre, soupira Arrogance, que je n'avais jamais imaginé que cette histoire puisse avoir une fin heureuse.

— Tant qu'il y a de la vie, il y a de l'espoir.

Les trois têtes de l'Ombre de la mort reposaient sur le sable, le regard voilé par une foule d'images surgies du passé.

Soudain, Harold trouva le sable un peu humide sous ses genoux. Il contempla l'horizon et distingua une immense barre d'écume : la marée montait à la vitesse d'un cheval au galop…

Patience se tourna vers notre héros et le fixa intensément. Harold contempla avec crainte et émerveillement le contour imprécis de ses iris et les puits noirs de ses pupilles. Ces yeux-là étaient bienveillants.

— Tu dois nous abandonner, dit la tête. Le monstre attaque à la marée montante. Il ne s'en prendra pas à nous. Il faut saisir ta chance et fuir à bord du char à voile, s'il est encore en état de rouler.

« Décidément, quelles étranges créatures que les dragons, pensa Harold. Celui-là peut passer de la cruauté à la bonté en un battement de cils. »

— Tu dois nous abandonner, répéta Patience.

— Laisse-nous, sifflèrent Innocence et Arrogance.

— Nous ne risquons pas la noyade, assura Patience, car nous possédons des branchies.

Harold baissa la tête pour échapper au regard hypnotique de Patience. Il était déterminé à achever son travail.

— Vous ne me dites pas la vérité, dit-il. Les Ombres de la mort ne sont pas des dragons de mer. Vos branchies ne vous offrent que quelques minutes d'autonomie.

Il s'adressa à sa camarade, qui patrouillait en cercles concentriques, la mine patibulaire, en effectuant des moulinets avec ses épées.

— Kamikazi, dit-il d'une voix aussi posée que possible, peut-être devrais-tu monter dans ce char à voile et aller chercher de l'aide.

— Tu me prends pour une idiote ? répliqua-t-elle, profondément offensée. Encore ton fichu esprit de sacrifice ! Il n'est pas question que je parte sans toi.

Harold continua à manipuler le piège. Une bourrasque de vent glacé balaya la plage, et ses mains se remirent à trembler.

Mais il se refusait à abandonner l'Ombre de la mort.

Dix minutes s'écoulèrent. Le sable était plus humide que jamais. Au loin — mais hélas pas si loin que ça —, l'océan scintillait de façon menaçante.

Quinze minutes…

Il était si proche du but. Il sentait que le mécanisme était sur le point de céder. Allez, encore un petit effort…

Soudain, ô joie, les rouages, les engrenages et les pistons dont le piège était constitué tombèrent en pluie entre ses mains, et l'Ombre de la mort put enfin libérer sa patte. Kamikazi lâcha un cri de joie et sauta sur le dos de la créature.

— Il était moins une, lâcha Harold.

Le grand dragon lâcha trois rugissements triomphants, battit les ailes et se maintint en vol stationnaire à un mètre du sol.

Il tendit une patte afin que Harold puisse rejoindre sa camarade.

Au moment où notre héros s'apprêtait à s'en saisir, il sentit une chose horriblement visqueuse s'enrouler autour de sa cheville…

— Harold ! hurla en vain Kamikazi.

Sans qu'elle puisse intervenir, une gigantesque patte aux doigts sertis d'yeux inexpressifs entraîna Harold sous les sables écarlates…

23. À consommer sur place

Nul doute, cher lecteur, que si toi ou moi sentions une patte gluante se poser sur notre jambe, nous hurlerions à pleins poumons.

Mais Harold avait vécu tant d'aventures terrifiantes au cours de sa brève existence qu'il n'avait produit strictement aucun son, car il jugeait une telle attitude inutile et contre-productive. Au contraire, il avait rempli ses poumons et s'était pincé le nez avant de disparaître sous la surface.

Pendant de longues minutes, la bête l'entraîna sous les sables, toujours plus profondément.

À l'instant où, à bout de souffle, il croyait sa dernière heure arrivée, la créature traversa une couche solide. Un craquement se fit entendre, puis Harold atterrit lourdement sur une surface extrêmement dure et s'autorisa enfin à respirer.

L'air tiède et humide, qui rappelait l'haleine d'une limace, le prit à la gorge. Il toussa et cracha tant qu'il put. Le sable dégoulinait de ses oreilles.

Il s'essuya les yeux d'un revers de manche puis étudia l'étrange caverne aux parois de verre où il se trouvait. Au plafond, le sable s'écoulait de l'ouverture que le monstre avait pratiquée pour rejoindre son repaire.

Spectacle irréel, ce dernier crachait des flammes vers la brèche à jet continu. Une couche de verre se forma sous l'effet de la chaleur, et il ne resta bientôt rien du trou.

Harold n'en croyait pas ses yeux. Des mots prononcés par La Denture lui revinrent en mémoire.

— Tu sais, tous les dragons ne sont pas des monstres...

On ne devrait jamais juger un livre à sa couverture, mais en l'espèce, Harold était sûr de son fait. Selon lui, à en juger par l'apparence primitive de la bête, il était inutile d'essayer de le raisonner. Les théories de La Denture concernant la capacité de TOUS les dragons à développer des sentiments d'empathie lui semblèrent soudainement parfaitement stupides.

Car si le monstre ne développait pas de sentiments d'empathie dans les trente secondes, Harold pouvait dire adieu à ce monde cruel.

Comme tu le sais désormais, cher lecteur, il existait à mon époque de très nombreuses espèces et sous-espèces de dragons.

Certains, dont La Denture, employaient un langage sophistiqué. Ils étaient capables de raisonner et d'éprouver de la compassion.

D'autres, comme les Bavebiles et les Constrictors, des créatures avec lesquelles Harold avait eu maille à partir, n'avaient pas été gâtés le jour de la distribution des neurones. Ils passaient le plus clair de leur temps à ramper dans les entrailles de la terre ou au fond des fosses océaniques. Et ce mode de vie morne et solitaire ne favorisait pas l'épanouissement intellectuel.

Depuis qu'il avait été contraint à l'exil, Harold avait développé une sorte de sixième sens qui lui permettait d'apprécier les situations dangereuses. Pour l'heure, tous ses clignotants étaient au rouge.

Aucun doute : il n'y aurait pas moyen de faire entendre raison à ce dragon-là. Il fallait se résoudre à combattre. Mais tout d'abord, il devait étudier le comportement de son adversaire et définir une stratégie.

Il avait devant lui six mètres sur deux de muscles.

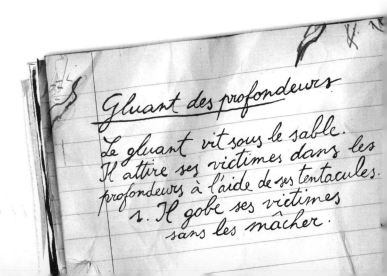

Gluant des profondeurs

Le gluant vit sous le sable.
Il attire ses victimes dans les
profondeurs à l'aide de ses tentacules.
1. Il gobe ses victimes
sans les mâcher.

Dix yeux. Des serres énormes. Des écailles dont l'aspect et la disposition rappelaient celles du Gluant des profondeurs qui, lui aussi, vivait sous terre.

Il jeta un regard circulaire à la caverne et évalua ses chances de s'en sortir vivant.

Les parois de verre étaient percées d'une unique issue.

Une issue qu'il était impossible d'atteindre sans être happé par le monstre.

Diable, quelle fâcheuse situation…

Il se creusa les méninges et essaya de se remémorer ses observations concernant les mœurs du Gluant des profondeurs. Il avait bien dû consigner quelques considérations le concernant dans le cahier qu'il tenait depuis

JE HAIS RUSTIK vipè tentacules

5. Le gluant a un point faible, pile au milieu du front.

6. Le gluant consomme ses proies tièdes MAIS il ne faut pas le laisser faire !!!

qu'il s'était lancé dans l'étude de ces êtres fascinants qu'étaient les dragons.

Ah oui ! Le monstre avait un point faible, juste au milieu du front. Mais comment l'atteindre sans y laisser sa peau ? Comment échapper à ses crocs et à ses serres ?

Si Harold faisait le mort, le monstre tenterait de le dévorer sur-le-champ.

Il lui suffirait de se laisser avaler — juste un petit peu — et d'attendre le moment opportun pour le frapper à la tête.

Il devrait se montrer patient. Accepter d'être gobé jusqu'aux genoux sans céder à la panique, puis se baisser pour plonger son épée à l'endroit ad hoc.

Par chance, il possédait l'arme que lui avait confiée Kamikazi. Si elle ne s'était pas embarquée clandestinement dans son casier à ambre, il lui aurait été impossible de mettre en œuvre ce nouveau plan absurde et désespéré.

Le succès de cette stratégie reposait sur un élément crucial : il fallait impérativement que le monstre l'entame par les pieds. S'il commençait par la tête, c'était la fin des haricots.

Sa vie se jouerait donc à pile ou face. Il fallait s'en remettre au destin, jeter une pièce en l'air et croiser les doigts.

Harold n'eut aucun mal à jouer les trépassés. À la vérité, compte tenu de son état d'épuisement physique et psychologique, il était en cet instant plus mort que vif.

Sourd aux signaux émis par son système nerveux, qui lui hurlait de prendre ses jambes à son cou, il relâcha ses muscles et s'affala de tout son long.

Il garda les paupières très légèrement entrouvertes de façon à surveiller le comportement de son agresseur.

Sentant un appendice tiède et humide chatouiller ses chevilles, il dut faire appel à toute sa puissance de concentration pour ne pas sauter comme un cabri aux quatre coins de la grotte. Pour ne pas hurler à la vue de ces deux pattes monstrueuses et de ces dix serres garnies de globes oculaires.

Le crâne de la bête était percé de deux orbites vides et béantes, là où, en toute logique, la nature aurait dû placer ses yeux. Chose étrange, il clignait fiévreusement *des doigts*.

CLIC. CLIC. CLIC.

Des yeux de poisson mort. Des yeux de *requin* mort, pour être tout à fait précis.

La créature palpa longuement le corps de Harold. Sa longue queue était enroulée autour du torse de sa victime, comme pour en extraire tout souffle de vie.

« Peut-être suis-je déjà mort, après tout », pensa Harold, comme dans un rêve.

C'était comme si son esprit avait momentanément quitté son corps pour assister de l'extérieur à ses derniers instants.

Les dix yeux se concentrèrent sur le ventre de notre héros.

Te souviens-tu, cher lecteur, qu'en se jetant à plat ventre dans le sable, un peu plus tôt, il s'était barbouillé de potion contre l'asthme du vieux Clovisse, et que ce liquide ressemblait à s'y méprendre à du sang humain ?

Ainsi, il offrait le spectacle d'un garçon inerte et ensanglanté.

Par expérience, le monstre savait qu'aucun homme ne pouvait perdre autant de sang et demeurer en vie.

« Il est mort... pensa-t-il confusément. Quelle déception... il ne va pas couiner, lorsque je serrerai sa gorge. Et puis, tôt ou tard, il va se mettre à empester... »

Comme la plupart des créatures souterraines, les Gluants des profondeurs appréciaient l'ordre et la propreté. Pas question de laisser leurs proies gâter l'atmosphère de leurs terriers.

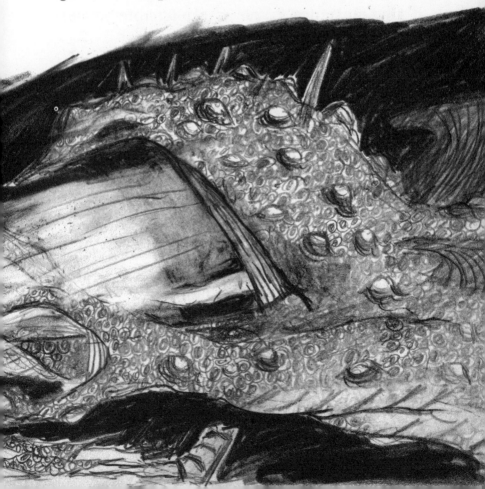

« Je vais le consommer sur place », décida le monstre.

Au moins, la première partie du plan de Harold était un succès. Même si c'était là un bien étrange succès : son ravisseur le croyait mort et avait décidé de le dévorer immédiatement.

Le monstre, un peu difficile sur le plan alimentaire, arrosa Harold d'eau de mer stockée dans une poche de son abdomen — « Le sable crisse sous la dent », pensa-t-il — puis le tartina d'une substance grasse et répugnante censée favoriser la déglutition.

« Aha ! pensa Harold. J'avais vu juste. Il se comporte comme un Gluant des profondeurs. Il veut m'avaler tout rond. »

C'était un sacré soulagement, car il redoutait jusqu'alors d'être mâché à mort.

Le monstre souleva Harold par une jambe puis cracha du feu et de l'eau sur le sol de façon à ménager une surface propre et lisse. (Comme ses cousins Gluants, il était extrêmement pointilleux sur l'hygiène alimentaire.) Enfin, il reposa son déjeuner puis rangea ses bras le long de son corps.

Il observa une pause. Harold sentit le mufle du monstre frôler ses oreilles…

« Il va m'avaler par le mauvais bout ! » pensa-t-il.

Il tenta d'improviser une nouvelle stratégie visant à terrasser le dragon qui prétendait l'engloutir en commençant par la tête.

Mais à l'instant où il s'apprêtait à commettre un acte stupide et désespéré, la bête huma son gros orteil droit.

Elle avait changé d'avis.

Mais pour quelle raison ?

Rien de plus simple : Harold était coiffé de son casque, dont le plumet cassé n'avait, aux yeux de la créature, rien de très appétissant.

« Eh bien, je dois une fière chandelle à Krokmou et à La Denture, pensa Harold. Ils ont tellement insisté pour que je porte cet instrument de torture. »

N'y tenant plus, Harold ouvrit brièvement les yeux.

S'il avait vu maintes choses étranges et terrifiantes au cours de sa vie, le spectacle auquel il était confronté était sans conteste le plus étrange et le plus terrifiant qu'il ait jamais observé.

Son corps était englué dans un linceul de bave visqueuse. Derrière ses pieds, il découvrit la gueule grande ouverte du monstre, les mâchoires désarticulées afin de ménager un passage assez large pour sa proie.

Alors, le dragon commença son repas.

Il est difficile de décrire ce que l'on ressent lorsqu'on est avalé par un dragon. Aucune expérience humaine n'est comparable à ce supplice.

Pour s'en faire une vague idée, il faut imaginer un bruit comparable au son inconvenant produit par un malotru mangeant sa soupe à la cuiller ; se figurer que sa peau est aspirée, à l'instant où la bouche bestiale se referme autour des pieds, puis glisse lentement jusqu'aux mollets. C'est une chose à la fois écœurante, humide et fort inconfortable.

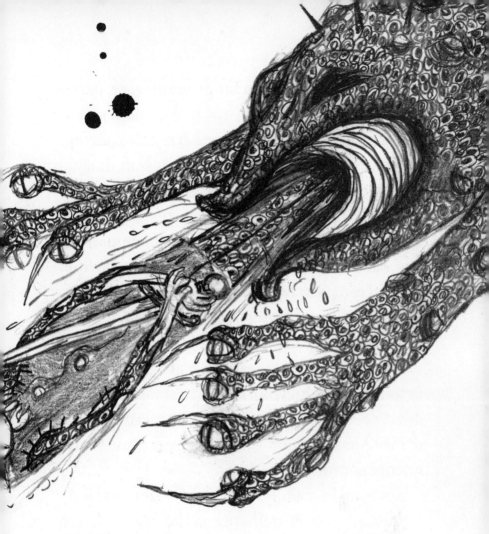

Harold éprouvait de vives difficultés à garder les bras collés le long du corps.

La bouche poursuivit sa course vers son torse. Lorsque les sucs digestifs commencèrent à faire effet, il eut l'impression que ses orteils prenaient feu. Avec une extrême lenteur, les lèvres du monstre progressèrent jusqu'à ses mollets, millimètre par millimètre.

Harold ne pouvait pas se permettre de céder à la panique. Combien de temps pourrait-il encore supporter ce supplice ? Il devait pourtant attendre que ses genoux disparaissent dans la gueule du monstre…

L'animal, qui se tenait pattes largement écartées afin d'assurer sa stabilité, ne pouvait pas surveiller le comportement de sa proie. Harold redressa légèrement le buste, mais il lui fallait encore patienter…

Attendre que la bouche atteigne ses rotules…

Harold avait le sentiment affreux que ses orteils étaient en train de se dissoudre. Déjà, il avait perdu toute sensation au niveau du pied droit. Mais le moment opportun n'avait pas encore sonné…

Lorsque la gueule recouvrit ses genoux, lente-ment, précautionneusement, notre héros empoigna le pommeau de l'épée de Kamikazi.

Percevant ce mouvement discret, le monstre se raidit imperceptiblement…

… puis il leva les pattes. De ses dix yeux, il étudia sa proie. Soudain, ses pupilles se dilatèrent, puis ses iris, à mesure que le sang y affluait sous l'effet de la colère, virèrent au vert, puis au noir… La créature s'apprêtait à frapper !

Harold devait agir immédiatement. Il n'aurait pas de seconde chance.

Il se redressa vivement, se pencha en avant puis plongea son épée dans le front de la créature.

Constatant que rien ne se produisait, notre héros sentit son sang se glacer et ses pieds bouillir de plus belle. Avait-il manqué le point faible du monstre ? Il tira sur le pommeau afin de dégager l'épée et de frapper à nouveau quand soudain…

POP !

Un son sec se fit entendre.

PFOUIIIIIIIIIITCH !

Un jet d'air sous pression jaillit du crâne de la bête.

Harold se glissa prestement hors de la gueule monstrueuse. À l'agonie, sa victime cracha une quantité phénoménale de sable et d'eau de mer. En reculant, notre héros dérapa sur le verre qui tapissait le sol de la caverne, bascula en arrière et atterrit dans une flaque.

Avant d'expirer, la créature fut agitée de soubresauts. Harold, qui ne tenait pas à assister à ce triste spectacle, se roula dans l'eau de mer afin de se débarrasser des sucs digestifs dont il était tartiné jusqu'aux cuisses, se concentrant en particulier sur ses pieds martyrisés…

Ils étaient en bien piteux état. Son petit orteil gauche, en particulier, ne retrouverait plus jamais son aspect originel. Il avait pratiquement disparu. Paralysé et insensible, flétri comme une petite pomme, il ressemblait à un lombric rosâtre vidé de toute substance.

Harold éprouva une terreur rétrospective à l'idée que sa tête aurait pu subir le même sort, et il poussa un soupir de soulagement.

Cependant, en étudiant la caverne, il réalisa qu'il se trouvait toujours en bien fâcheuse posture.

Outre l'océan de sable qui le séparait de la surface, la mer devait désormais avoir intégralement recouvert les Champs d'ambre. Comment allait-il se tirer de ce guêpier ?

Il glissa une main à l'intérieur de son gilet et en sortit la carte de Barbe-Sale le Grave. Elle était sérieusement abîmée, partiellement brûlée, déchirée, percée par les ongles empoisonnés de la Sorcière, gorgée d'eau de mer et de sucs digestifs.

Les yeux de Harold se posèrent sur l'inscription LABYRINTHE DE MIROIRS.

Puis il contempla les parois de verre de la caverne où son image se reflétait dix… cent… mille fois.

Oh, pour l'amour de Thor.

Il crut voir le hareng figurant en haut du document lui adresser un clin d'œil, comme s'il se payait ouvertement sa poire.

Le destin avait une fois de plus guidé les pas de notre héros.

La Pierre-Dragon se trouvait en ces lieux.

24. Le clin d'œil du hareng

Quelle ironie, vraiment.

Après une interminable quête menée dans une solitude extrême, c'est par le plus grand des hasards que notre héros avait découvert le labyrinthe de miroirs.

Glissant sur le sol de verre, Harold emprunta l'unique ouverture puis découvrit un inextricable réseau de galeries. Après avoir suivi l'itinéraire indiqué par la carte, il déboucha sur une vaste salle.

Il lâcha un cri exprimant la stupeur et l'émerveillement.

Il se trouvait dans la chambre au trésor du monstre des Champs d'ambre. Comment une créature aussi primitive avait-elle pu créer une chose aussi splendide ? La Denture avait maintes fois affirmé que tous les dragons, même les moins évolués, partageaient un certain sens de l'esthétique et de la poésie.

Cette caverne était d'une beauté à couper le souffle. Ses parois avaient été polies avec une telle expertise qu'elles réfléchissaient leur environnement comme des miroirs. Les voûtes sculptées au plafond étaient tissées d'ornements architecturaux semblables à des toiles d'araignée. Au centre de la chambre se dressaient d'innombrables colonnes rappelant un temple antique.

En s'approchant, on pouvait y voir, encastrés dans le verre, les trésors accumulés par le monstre, des objets dérobés à des générations d'infortunés visiteurs.

Certaines pièces de cette collection ne dataient pas d'hier, comme le prouvaient plusieurs coupes en argent de facture romaine. Des milliers de pierres d'ambre semblables à de grosses gouttes de miel, des pépites d'or ou de petites boules de feu semblaient flotter dans les airs.

Harold s'orienta dans la colonnade grâce à la carte de Barbe-Sale le Grave. C'était un document confus, presque aussi déroutant que les six yeux hypnotiques de l'Ombre de la mort. Certains piliers réfléchissaient son image comme des miroirs. D'autres étaient aussi limpides que l'eau. Dans ces conditions, il était bien difficile de distinguer les reflets de la réalité.

Sans carte, Harold se serait sans doute égaré à jamais dans ce dédale.

Mais grâce à elle…

… il trouva la colonne qu'il cherchait.

Merveille des merveilles !

Un pilier d'une transparence absolue.

Et là, comme suspendue dans les airs, à la hauteur de ses yeux, un joyau rouge sombre…

… la Pierre-Dragon.

Promesse de destruction pour les reptiles ailés et ultime espoir de l'humanité.

Le joyau était serti dans un médaillon retenu par une chaîne.

Harold fit le tour de la colonne, le nez collé à la paroi. Au verso du bijou, il put déchiffrer l'inscription : B.-S. G.

Il tira de sa ceinture l'épée de Kamikazi, la fit tournoyer au-dessus de sa tête et frappa de toutes ses forces, du geste auguste du bûcheron abattant un arbre en forêt hooligan.

Le premier coup détacha un éclat de belle taille.

Le deuxième, un morceau plus gros encore.

Le troisième vint à bout de la colonne qui s'effondra en une pluie de minuscules fragments en produisant un carillon cristallin.

Harold tendit la main pour se saisir de la relique, puis il interrompit son geste.

Si Alvin et sa clique parvenaient à la lui dérober, qu'adviendrait-il des dragons ?

À l'inverse, s'il ne s'en emparait pas, qu'est-ce qui pourrait empêcher Furax de mener à bien son entreprise de destruction de l'espèce humaine ?

Notre héros se prit la tête à deux mains.

— Pourquoi Thor m'a-t-il choisi pour dénicher ces maudites reliques ? murmura-t-il. Pourquoi me soumet-il à ce supplice ?

Médite la chance que nous avons, cher lecteur, de n'être ni rois ni héros et de ne pas être confrontés à des choix aussi cornéliens !

Au bout du compte, Harold décida de prendre le joyau.

Il déchira un morceau de sa chemise puis l'enroula autour de sa main droite afin de ne pas se blesser au contact des éclats de verre.

Il approcha la relique de ses yeux, souffla la poussière qui ternissait sa surface puis en contempla les profondeurs ambrées. Enfin, il passa le collier autour de son cou puis glissa le médaillon sous sa combinaison.

— Merci, Barbe-Sale le Grave, lança-t-il à haute voix, sans trop savoir pourquoi.

Harold s'émerveille devant la relique.

La Pierre-Dragon.

À cet instant, un son discret se fit entendre.

Notre héros sentit un frisson courir le long de sa colonne vertébrale.

— Ha-rold… Ha-rold…

Oh, pour l'amour de Thor.

Qu'est-ce que c'était encore que ce phénomène ?

Était-ce la voix du dragon Furax qui l'avait, un jour, pourchassé dans les galeries souterraines de l'Académie d'escrime de Bruno la Breloque ?

Non, c'était impossible…

Ce timbre était si effrayant, si profond et si distant à la fois que, l'espace d'un instant, il crut se trouver en présence du fantôme de Barbe-Sale le Grave surgi des Enfers pour le punir d'avoir fait main basse sur sa précieuse Pierre-Dragon.

— Ha-rold… Ha-rold… Réponds-moi… Ha-rold…

Impatient d'élucider ce mystère quoi qu'il en coûte, il entreprit d'étudier chaque colonne.

— Ha-rold… Ha-rold…

La voix était de plus en plus faible. Elle exprimait un désespoir absolu.

Alors, dans un pilier de verre dépoli, il vit se dessiner la silhouette d'un garçon.

Un garçon aussi fluet que lui.

Était-il confronté à son propre reflet ?

Harold posa une main sur la colonne.

De l'autre côté de la paroi, l'apparition l'imita.

Prudemment, Harold posa son front orné de la Marque des esclaves contre le verre. Le garçon prisonnier du pilier fit de même, et les deux tatouages semblèrent s'étreindre amicalement.

Par Thor, ce pauvre garçon n'était autre que Findus !

25. Même pas mort !

— Oh, Findus ! s'exclama Harold. J'avais perdu tout espoir de te retrouver en vie !

— Comme tu le vois, je ne suis pas mort, répondit Findus d'une voix à peine audible. Enfin, je ne crois pas…

Harold lâcha un rire nerveux.

— Mais non, tu n'es pas mort, mon ami. Tu te trouves dans l'antre du monstre des Champs d'ambre. Il ne se nourrit que de viande fraîche. C'est pour cela qu'il t'a retenu prisonnier. Il devait te garder pour célébrer une grande occasion.

— Ah, je comprends.

— Je vais te sortir de là, dit Harold. Mais d'abord, tu dois reculer au fond du pilier.

Dès que son camarade se fut exécuté, il se mit à taillader énergiquement la paroi de verre à l'aide de son épée.

C'est à cet instant qu'il prit conscience du froid de gueux qui régnait dans la chambre au trésor. Il le sentait traverser ses sandales, pénétrer jusqu'à la moelle de ses os.

— Findus, tiens-toi accroupi et mets les mains sur la tête, chuchota-t-il.

(Remarquons au passage qu'il n'avait aucune raison logique de chuchoter, mais même si le monstre était mort, sa caverne restait un lieu étrange et inquiétant.)

TCHAC ! TCHAC ! Deux coups d'épée firent céder la colonne. Findus demeura immobile, roulé en boule, la tête entre les mains. Puis, lentement, il baissa les bras. C'était comme si une statue de glace prenait vie devant les yeux de notre héros. Son camarade était dans un état pitoyable. Ses joues étaient baignées de larmes. Ses haillons pendouillaient sur ses genoux comme les loques d'un épouvantail. Sa peau était bleuie par le froid, ses lunettes

Findus était dans un état pitoyable.

cassées posées en équilibre précaire au bout de son nez.

Au fond, Harold n'avait pas grand-chose à lui envier. Les deux amis n'appartenaient plus au peuple viking. Ils avaient tout perdu, tribu et dragons domestiques. Ils n'étaient plus que deux avortons affamés, maigres à faire peur, le front barré de la marque d'infamie qui les condamnait à l'esclavage.

Constatant que son camarade tremblait comme une feuille, Harold frotta ses bras violacés afin de favoriser sa circulation sanguine.

— Qu'est-ce que tu fiches ici ? demanda Findus entre deux claquements de dents.

— J'étais à ta recherche...

— Pourquoi avoir pris tant de risques pour sauver ma misérable peau ? Tu devrais être en train de mener ta quête... d'accomplir ta destinée. As-tu oublié la Pierre-Dragon ?

Mon collier t'a sauvé la vie ?

— Ta peau n'a rien de misérable ! répliqua Harold sans cesser de le frictionner. Et d'ailleurs, c'est ton collier à pinces de homard qui m'a sauvé la vie.

— Ah vraiment ? s'étonna Findus. Mon collier t'a sauvé la vie ?

Alors Harold lui raconta sans rien omettre l'histoire de sa mère Harpie, de l'Ombre de la mort et du casier à homard égaré dans la brume, treize années plus tôt.

Miracle ! Ce récit ramena instantanément Findus à la vie.

Son visage vira du bleu au rose pâle, et son pouls, jusqu'alors fuyant, se mit à battre comme un tambour.

— Ma mère m'aimait ! s'exclama-t-il. Elle avait de grands projets pour moi ! Elle avait promis de me retrouver sur l'île du Bout du Rouleau !

— Et elle aurait tenu cette promesse, si elle avait vécu. Sache, Findus, que l'Ombre de la mort qui lui avait promis de veiller sur toi est désormais *ton* Ombre de la mort.

Jusqu'alors, Findus n'avait jamais été gâté par le sort. Son dragon de chasse était un reptile végétarien extrêmement placide, et son dragon de haut vol une bestiole guère plus imposante qu'un poney shetland. Dans le cadre du programme d'initiation à la piraterie, il avait toujours récolté les notes les plus exécrables. Il souffrait d'asthme et d'eczéma, de genoux cagneux et de myopie. Du fait, il avait du mal à croire qu'un puissant dragon à trois têtes jouissant du pouvoir d'invisibilité ait pu, jadis, promettre de le protéger au péril de sa vie.

Enfin, Harold sortit la Pierre-Dragon de son gilet.

Telle une étoile dorée, le joyau étincela de mille feux dans la pénombre de la caverne.

— La vache… chuchota Findus en la frôlant du bout des doigts. La Pierre-Dragon…

Il considéra Harold avec gravité… puis il sourit, pour la première fois depuis très, très longtemps.

— Si elle est en ta possession, cela doit signifier… que tu es vraiment destiné à monter sur le trône.

Nous devons quitter cet endroit.

Harold lui rendit son sourire.

— Tout ce que ça prouve, c'est que je suis plutôt doué pour dénicher les reliques royales. Mais souviens-toi que c'est toi qui as découvert cette caverne.

Findus caressa le joyau puis, lentement, se redressa.

— Très bien, dit-il en réajustant ses lunettes. Pour le moment, nous devons quitter cet endroit au plus vite. Je suis impatient de chevaucher cette Ombre de la mort à trois têtes. Je sais que ça fait un peu m'as-tu-vu, mais désolé, c'est plus fort que moi.

Harold sortit de sa poche les restes déchirés, brûlés et trempés de la carte, puis s'accorda quelques minutes pour faire le point.

Les deux garçons cheminèrent par les tunnels étroits afin de rejoindre la galerie qui, selon le document de Barbe-Sale le Grave, menait à la sortie.

À mesure qu'ils progressaient lentement vers la surface, une lumière irréelle inonda la galerie, une lueur qui ne devait rien aux Vermichocs et autres bestioles luminescentes qui tapissaient les parois des couloirs inférieurs. Soudain, au-dessus de leurs têtes, des algues apparurent derrière la paroi de verre puis ils purent observer le fond de l'océan.

Oui, cette partie du tunnel s'élevait au-dessus du sable, tel un grand serpent de mer translucide. Bancs de poissons et méduses croisaient paisiblement. Des légions de crabes cavalaient entre les récifs coralliens.

— Wow, lâchèrent nos héros en pressant le nez contre le mur translucide.

La pente du tunnel se fit bientôt si raide que Harold dut tailler des marches dans le sol à grands coups d'épées.

Parvenus au point le plus élevé de leur parcours, les deux amis firent halte dans une minuscule portion que la mer, qui continuait à monter, n'avait pas encore recouverte. Lorsque Harold eut brisé la paroi, ils se hissèrent hors de la galerie qui fut aussitôt avalée par la marée.

Par Thor, comme elle était froide, cette mer !

Désormais contraints de se maintenir à flots en battant des bras et des jambes, Harold et Findus regardèrent autour d'eux. De l'eau, de l'eau, de l'eau, rien que de l'eau, aussi loin que portait le regard...

Quelle distance avaient-ils pu parcourir sous l'océan ? À l'ouest, Harold finit par apercevoir une fine ligne grise. « Les côtes de l'île d'Englouterre », pensa-t-il.

— Je n'y arriverai jamais… s'étrangla Findus qui, déjà, virait au bleu.

— Mais si, mais si, tu peux le faire, dit Harold sans cesser de claquer des dents. Nage ! Nage ! Nage ! Nous n'avons pas le choix. Il *faut* que tu y arrives…

Mais l'océan était si vaste, et le rivage si distant…

Nage, Findus !
Nage !

26. Une promesse est une promesse

Il faut le reconnaître, les humains ne sont pas très bien armés pour affronter les dangers de ce monde.

Quels que soient les efforts que nous déployons, quels que soient notre héroïsme et notre foi (et nous avons, malgré l'adversité, cette faculté unique de nous persuader que la volonté peut triompher de toutes les difficultés), nos bras sont parfois tout simplement trop faibles ou trop courts, le monde trop grand, la mer trop vaste et les tempêtes trop musclées. Les cœurs les plus braves et les serments les plus solennels ne peuvent rien contre l'implacable réalité de l'univers.

Ne nous le cachons pas plus longtemps : Findus et Harold étaient condamnés. Et ils auraient dû se noyer, ce jour-là, en dépit de leur miraculeuse évasion de l'antre du monstre. Harold aurait coulé comme une pierre au fond de l'océan, la relique royale autour du cou, et la fin de notre histoire aurait été toute différente.

Mais *quelque chose* leur permit d'échapper à la fatalité.

Porté par ses ailes invisibles, ce *quelque chose* planait au-dessus des flots, tous les sens en alerte.

C'était un fantôme surgi du passé.

Un fantôme qui brûlait de s'amender. Un fantôme qui ne renoncerait jamais à tenir la promesse faite à Harpie.

L'Ombre de la mort se refusait à interrompre les recherches.

— *Tant qu'il y a de la vie, il y a de l'espoir,* dit Innocence. *Souvenez-vous de la dernière fois, quand nous avons baissé les bras. Nous ignorions que Findus était toujours en vie, n'est-ce pas ? Nous devons tirer la leçon de nos erreurs. Cette fois, nous n'abandonnerons pas...*

Malgré ces encouragements, même l'optimisme indéfectible de Kamikazi, qui chevauchait le grand dragon, était sérieusement entamé.

Nul n'aurait pu lui en tenir rigueur. N'avait-elle pas vu Harold disparaître sous ses yeux, entraîné dans les entrailles de la terre par une patte garnie d'yeux de poisson mort ?

Lorsque le drame s'était produit, l'Ombre avait lâché un cri d'effroi, puis elle avait gratté le sol avec ses pattes avant. Kamikazi avait tenté de lui venir en aide, mais ses efforts étaient demeurés vains, dérisoires, bref, humains.

L'Ombre de la mort ne connut pas plus de succès. C'était un dragon des airs, vois-tu, pas l'un de ces reptiles-terriers habitués à creuser des galeries. Bref, il n'était tout simplement pas outillé pour une telle opération.

Il lui était techniquement impossible de suivre Harold sous les sables. Pourtant, le dragon et la jeune aventurière s'étaient escrimés jusqu'à ce que la marée les contraigne à reprendre leur envol. Les trous pratiqués au prix de tant d'efforts furent instantanément comblés par l'eau de mer.

Pendant des heures, ils scrutèrent la surface des flots.

Ils refusaient d'admettre que Harold n'avait pu survivre à un aussi long séjour sous les sables puis sous l'océan.

— Peut-être a-t-il échappé *in extremis* aux griffes du monstre, suggéra Kamikazi. Il ne faut pas perdre espoir. Harold s'est sorti de tant de situations impossibles…

L'Ombre de la mort était dans un état second.

C'était comme si elle ne gardait aucun souvenir des treize années écoulées.

Comme si, le matin même, elle avait promis à une humaine prénommée Harpie de sauver son fils.

Elle filait dans le ciel d'azur sans se préoccuper des nuages noirs qui s'amoncelaient autour de l'Archipel.

— *Une promesse est une promesse...* s'exclama Patience.

— *Une promesssse est une promesssse...* répétèrent Arrogance et Innocence.

L'Ombre de la mort cherchait un petit casier à homard dansant sur les flots. Ses six yeux reptiliens, les plus perçants de la création, ces yeux capables de détecter un nanodragon à un kilomètre de distance, balayaient sans relâche l'immensité de l'océan.

Soudain, elle réalisa qu'une brume était en train de se former. Un sentiment de panique lui serra les entrailles. L'histoire était-elle en train de se répéter ?

Mais une seconde plus tard, elle aperçut une tache rosâtre, un dérisoire signe de vie, un petit objet chahuté par les vagues.

Ivre de joie, le dragon descendit en piqué, si bien que Kamikazi put à son tour distinguer sa trouvaille.

C'était un casier tout cabossé sanglé au dos d'un garçon.

Un garçon qui portait autour du cou un collier à pinces de homard.

Un garçon qui aidait l'un de ses semblables, un avorton portant des lunettes cassées, à se maintenir à flot.

Dès que les yeux de l'Ombre de la mort se posèrent sur ce second individu, en dépit de l'altitude, elle reconnut les traits d'un être humain qu'elle avait jadis chéri de tout son cœur.

Le fils de sa défunte maîtresse.

— Nous voilà enfin réunis, Harpie ! lancèrent en chœur les trois têtes en crachant des éclairs.

Sous le coup de l'émotion, elle effectua un amerrissage un peu lourdaud à proximité de nos héros.

— Nous sommes attaqués ! s'étrangla Findus en se masquant les yeux.

Harold et Findus étaient à demi congelés, et l'apparition soudaine de ce dragon translucide faillit avoir raison de leurs dernières forces. Alors qu'ils s'enfonçaient dans les eaux, incapable de surnager plus longtemps, la créature les repêcha puis les déposa sur son dos, où ils recrachèrent une quantité phénoménale d'eau de mer.

— Harold, je le crois pas ! s'exclama Kamikazi. Enfin, je veux dire… si, je le crois, parce que ce n'est pas la première fois que tu te sors de ce genre de pétrin, mais… comment dire… cette fois, non… non, en fait, je le crois pas…

Harold lui adressa un sourire radieux puis, haletant, sortit la Pierre-Dragon de son gilet.

Et ça, bien entendu, Kamikazi ne pouvait pas le croire non plus. Elle porta la main à la relique, l'étudia sous toutes les coutures puis déclara :

— JE LE CROIS PAS… JE LE CROIS PAS… Alors, que comptes-tu en faire à présent ?

— Je n'ai encore rien décidé, répondit Harold. Je dois l'utiliser pour faire cesser cette guerre tout en évitant que les dragons ne payent les pots cassés.

L'Ombre de la mort prit rapidement de l'altitude.

— Findus, dit notre héros, je te présente Innocence, Patience et Arrogance.

318

Allongé sur le ventre, Findus se cramponnait tant bien que mal. Il avait l'impression de renaître à la vie. Au contact de la peau brûlante de l'animal, ses vêtements détrempés produisaient un nuage de vapeur.

— Ravi de faire votre connaissance, gémit-il. Désolé de ne pas m'asseoir, mais je suis complètement moulu.

Ce dragon lui procurait un étrange sentiment de sécurité. Malgré son état de faiblesse, il se redressa péniblement et laissa le vent balayer ses cheveux.

— Alors c'est vrai, vous êtes le dragon de ma mère ?

— J'étais ! rectifia d'une seule voix l'Ombre de la mort. Mais désormais, je t'appartiens. Je me mets à ton service et promets de ne jamais t'abandonner. Je te servirai fidèlement, jusqu'à ce que la mort nous sépare.

Harold se chargea d'effectuer la traduction.

Wow...

Findus n'en croyait pas ses oreilles. Les choses prenaient un tour plutôt inattendu. Lui, Findus, l'esclave, l'orphelin, l'avorton, le membre le plus méprisé de la tribu des Hooligans hirsutes, était désormais l'heureux propriétaire du dragon le plus cool de l'univers.

— Parlez-moi de ma mère, dit-il.

— C'est l'être humain le plus doux et sincère que nous ayons jamais rencontré, répondit Patience.

— Une fille de chef mais aussi une poétesse de grand talent, ajouta Harold. Et figure-toi qu'elle était d'ascendance touchefil, comme je l'ai toujours soupçonné. Quant à ton père, c'était un homme bon et courageux.

Malgré la fatigue, la faim et le froid, cette information réjouit le cœur de Findus. Sa mère était une poétesse ! C'est d'elle qu'il tenait ses talents de barde ! Et cerise sur le gâteau, son père était un héros !

Enfin, il savait qui il était.

Enfin,
Findus
savait qui
il était.

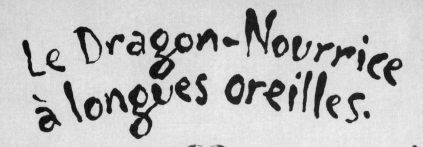

Le Dragon-Nourrice à longues oreilles.

STATISTIQUES

EFFET TERREUR : ... 3

MOYENS D'ATTAQUE : ... 6

VITESSE : ... 4

TAILLE : ... 5

Si elles peuvent à l'occasion défendre les habitations, ces créatures font aussi d'excellentes baby-sitters. C'est l'une d'elles qui s'est occupée de Findus lorsqu'il était bébé.

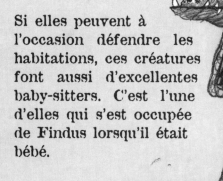

Détendons-nous un moment...

Cher lecteur,
Si tu préfères que l'histoire s'achève
sur cet heureux dénouement,
libre à toi de refermer ce livre.
En un sens, ce serait peut-être préférable.
Tout est pour le mieux dans le meilleur des mondes.
Nos trois amis filent parmi les nuages.
La Pierre-Dragon se balance autour du cou de Harold.
La journée a été longue.
Nous ne serions pas fâchés de voir
nos héros s'en tirer à si bon compte.
Mais je préfère te parler franchement :
leurs ennuis sont loin d'être terminés.
Alors si tu te sens capable d'affronter l'amère réalité,
je suggère, cher lecteur, que tu observes
une petite pause.
Bois un grand verre d'eau. Grignote quelque chose.
Un aliment énergétique, de préférence.
Une barre de céréales, par exemple.
Détends-toi un moment.
Voilà.
Tu es prêt ?
C'est reparti...

27. La boucle est bouclée

L'histoire, souviens-toi, avait commencé par une embuscade tendue à Harold par sa propre mère, Valhallarama.

Chose étonnante, c'est également ainsi qu'elle devait s'achever.

Personne n'était capable de traquer une Ombre de la mort.

Personne sauf… Valhallarama.

En cet instant, elle volait haut, très haut dans le ciel, slalomant furtivement parmi les nuages. Bien sûr, elle ne put détecter le grand dragon invisible, mais en débouchant à l'angle d'un stratocumulus, elle aperçut les trois petits humains accrochés au dos de… au dos de *rien*.

Nos héros ne virent pas approcher l'ennemi.

Enivrée par ses retrouvailles avec Findus, l'Ombre de la mort avait relâché sa vigilance. D'ailleurs, en règle générale, elle ne craignait nul danger. Compte tenu de sa taille, de sa puissance, de son art du camouflage et de ses redoutables moyens d'attaque, elle n'avait pas de prédateur dans l'Archipel barbare.

C'est à peine si Arrogance perçut un infime mouvement aux limites de son champ de vision.

Mais il était déjà trop tard.

Telle une furie vengeresse, le Fantôme d'argent fondit en piqué en émettant un son strident comparable au sifflement d'un boulet. Valhallarama tendit son bras gainé de métal et saisit son fils par le col, l'arrachant au dos de l'Ombre de la mort comme elle l'avait arraché, deux semaines plus tôt, au dos du Vole-au-vent.

Le Fantôme d'argent mit aussitôt le cap sur la Prison du Cœur noir. Et dans ces conditions, en ces cieux dépourvus de tout obstacle, il était virtuellement impossible de le rattraper, car c'était la créature la plus rapide du monde connu.

Guidant sa monture par de simples pressions des genoux, elle s'empara du médaillon serti de la Pierre-Dragon et le passa autour de son cou.

Suspendu tête en bas au bras musculeux de sa mère, Harold était sous le choc, comme si on l'avait plongé dans une baignoire d'eau glacée.

Puis il se sentit submergé par la colère.

Oh oui, par les chaussettes du dieu Loki, il en avait carrément ras le pompon !

Il se tourna vers sa mère qui, sous son casque, gardait les yeux braqués sur l'objectif.

— *Eh, on peut savoir ce que tu FABRIQUES ?* rugit-il. Je te signale que je ne suis plus un gamin.

Comment oses-tu me traiter de cette façon ? Oh, ne te méprends pas. Je ne m'attendais pas à ce que tu me viennes en aide. Je ne suis pas complètement idiot. Tu ne t'es JAMAIS occupée de ta famille ! Pendant des années, papa et moi avons été livrés à nous-mêmes. PENDANT DES ANNÉES, DES ANNÉES ET DES ANNÉES ! La plupart de mes lettres sont restées sans réponse. Je te suppliais de rentrer à la maison mais tu faisais la sourde oreille.

Le visage violacé, remuant les jambes en tous sens, Harold poursuivit sa diatribe.

— J'ai fini par m'habituer à cette situation. Il fallait bien que je me fasse une raison ! Mais je

ne m'attendais vraiment pas à cette TRAHISON...
Peut-être était-ce trop demander ?

Il continua sur ce ton pendant plusieurs minutes. À treize ans, lorsque le vernis craque et que la rage contenue fait surface, les mots sortent d'un seul coup, et un peu en vrac.

Mais Valhallarama ne dit pas un mot. Ignorant cette tirade, elle resta figée, sinistre, inflexible. Le Fantôme d'argent demeura sur sa trajectoire, missile argenté lancé à la vitesse du son. Rien ne pouvait plus l'arrêter.

Bientôt, Harold serait livré à Alvin et à la Sorcière. Au cœur de la Prison du Cœur noir, il devrait répondre des innombrables actes de trahison qui lui étaient reprochés...

28. Le salut de l'Archipel

La nuit était tombée sur les Champs d'ambre.

Devant les murailles de la prison, l'air grouillait de dragons. Les guerriers postés derrière les créneaux parvenaient à peine à contenir leurs assauts.

De grands feux illuminaient la cour intérieure. En son centre, Alvin le Sournois et sa mère avaient pris place sur des trônes jumeaux.

Les centaines et les centaines de guerriers et d'esclaves rassemblés autour d'eux portaient des torches. À l'extérieur, des hurlements de rage et d'agonie se faisaient entendre. L'atmosphère était plutôt sinistre, cela va sans dire.

Alvin avait convoqué cette assemblée afin de procéder à quelques exécutions, histoire d'évacuer la frustration que lui causait la disparition de Harold.

Mais un visiteur inattendu interrompit cet aimable divertissement : le Fantôme d'argent, portant sur son dos Valhallarama et son fils ivre de colère, se percha sur les créneaux qui surplombaient la cour.

— Ne tirez pas ! cria Alvin le Sournois qui, en un coup d'œil, avait reconnu le joyau qui brillait sur la poitrine de la guerrière.

Son visage s'illumina de joie.

— Regarde, mère ! s'étrangla-t-il. Elle nous apporte la relique !

La Sorcière dressa d'un bond.

— Je le savais ! s'écria-t-elle triomphalement. Les augures ne mentent jamais !

Le Fantôme d'argent décrivit deux cercles au-dessus de la cour avant de se poser en douceur près des trônes. Valhallarama mit pied à terre puis déposa Harold devant Alvin et Burgondofore.

Notre héros, dont la fureur ne s'était pas apaisée, lança à sa mère un regard assassin.

À cet instant, il remarqua que le Fantôme d'argent boitait bas, conséquence d'une récente blessure par flèche à la patte avant gauche.

Lorsque les soldats et les esclaves découvrirent le joyau suspendu au cou de la guerrière, ils lâchèrent un concert d'exclamations.

— Elle l'a trouvé !

— Nous sommes sauvés !

Puis la foule se mit à scander :

— VAL-HAL-LARAMA ! VAL-HAL-LARAMA !

De tous les héros de l'Archipel barbare, Valhallarama était depuis longtemps la plus populaire, devançant Hercule Titan et Bruno la Breloque dans le cœur des Vikings. Et voilà qu'elle avait trouvé la Pierre-Dragon ! Même les esclaves, gagnés par l'enthousiasme, secouaient vigoureusement leurs chaînes.

Elle ôta son casque, le jeta en direction de ses admirateurs et exposa son visage.

Un visage fier, have, terriblement intimidant, comme taillé dans le granite.

Elle croisa les bras, puis le silence se fit.

— N'interviens pas, Alvin, chuchota Burgondofore à l'oreille de son rejeton en tentant vainement de déchiffrer l'expression de la guerrière. Laisse faire maman. C'est une situation délicate… En tant que sorcière, je suis la mieux outillée pour mener les négociations…

C'était en effet une situation fort délicate : Valhallarama s'apprêtait à livrer non seulement le joyau, mais aussi son fils Harold, le promettant à une mort certaine.

— Toutes mes félicitations, ma grande ! lança Burgondofore en tendant son bras blanc et osseux en signe de salut. Je dois avouer que je t'ai un peu sous-estimée. Je ne t'avais pas informée que le traître de l'Ouest sauvage était ton propre fils. Je craignais que tu ne laisses ton instinct maternel interférer dans ta mission. J'aurais dû savoir qu'une héroïne de ta trempe mettrait le

Pour Valhallarama,
hip hip hip...

destin de son Royaume au-dessus de toute considération personnelle. Pour Valhallarama, hip, hip, hip…

La foule lança un HOURRA tonitruant.

Valhallarama ne pipa mot.

— Aurais-tu la gentillesse de remettre la pierre à Alvin, je te prie ? poursuivit la Sorcière d'une voix mielleuse.

Mais la guerrière resta de marbre.

Puis elle sortit une flèche de son carquois. Une flèche noire à l'empennage garni de plumes de corbeau, qu'elle fit tourner entre ses doigts.

Le silence a un pouvoir, surtout lorsqu'il est observé par une personnalité aussi charismatique que Valhallarama : celui de rendre bavard le plus laconique des interlocuteurs.

La Sorcière se passa la langue sur les lèvres. De ses yeux presque aveugles, elle suivait les mouvements de la flèche.

— Oh, je vois… grinça-t-elle. Il s'agit du projectile que l'un de nos guerriers a accidentellement planté dans la patte de ton Fantôme d'argent, alors qu'il nous avait si gentiment livré la carte… Nous sommes tellement soulagés qu'il n'ait pas été gravement blessé. N'est-ce pas, Alvin ?

Ce dernier se fendit d'un sourire charmant, dévoilant ses dents taillées en pointes.

— Je ne trouve pas les mots pour exprimer mon soulagement, roucoula-t-il.

— C'était un accident, insista la Sorcière. Ce soldat a amèrement regretté sa maladresse, tu peux me croire. En vérité, nous la lui avons fait payer de sa vie. Je n'ai pas besoin de préciser, chère Valhallarama, que la promesse que nous t'avons faite reste d'actualité. Alvin a juré de ne pas se servir de la pierre pour éradiquer les dragons, mais uniquement pour les dissuader de poursuivre leur guerre d'agression. N'est-ce pas, fiston ?

— Parole d'honneur, sourit Alvin le Sournois.

— Sauf si, bien sûr, ajouta Burgondofore d'une voix mielleuse, Furax ne nous laisse pas le choix...

D'un doigt, elle désigna les créneaux où s'écharpaient soldats de l'Ouest sauvage et dragons de la Rébellion.

— Alvin est un souverain pragmatique. Si les événements l'exigent, il se montrera impitoyable. Regarde autour de toi. Regarde ce que ces monstres ont fait de notre Archipel, de ce monde parfait. Ils l'ont réduit en cendres ! Ils ont l'intention de nous éliminer jusqu'au dernier !

Incapable de se taire une seconde de plus, Harold se tourna vers la vieille folle.

— C'est **VOUS** qui avez mis le feu aux poudres ! hurla-t-il. J'ai étudié vos pièges cruels. J'ai observé la façon dont vous brisez les œufs des dragons, dont vous les décimez à l'aide de ces engins qui crachent le feu. Comment s'étonner qu'un si grand nombre de reptiles ait rejoint la Rébellion ?

Ces mots résonnèrent en écho dans la cour centrale de la prison.

— Une question me tarabuste, poursuivit Harold. Quel est ce *monde idéal* dont vous parlez ? Celui où tant d'humains et de dragons se trouvent réduits en esclavage ?

Quel est ce monde idéal dont vous parlez ?

Il désigna le Fantôme d'argent.

— Des créatures aussi splendides doivent-elles disparaître à jamais ? Ne les verrons-nous plus jamais croiser dans les cieux, portés par leurs ailes chatoyantes, illuminer l'Archipel de leurs glorieuses flammes ? Devrons-nous dire adieu à la magie, à nos rêves d'enfance ?

Harold brandit un poing serré.

— NON ! rugit-il, le visage écarlate. Les dragons doivent vivre libres, tout comme les humains que vous retenez dans cette forteresse !

Un murmure parcourut la foule.

La flèche continuait à tournoyer dans la main de Valhallarama. La guerrière écoutait attentivement son fils, la tête penchée sur le côté.

NON !
Dragons et
Humains doivent
vivre
LIBRES !

— Ton fils est un beau parleur ! s'esclaffa la Sorcière, plus pâle que jamais. Mais il n'est qu'un esclave, ne l'oublions pas. Tel père, tel fils ! Oh, tu n'es pas au courant ? Sache que ton cher époux fait partie de mes hôtes.

Elle pointa un doigt en direction du pauvre Stoïk qui contemplait misérablement la pointe de ses sandales.

Une fois encore, Valhallarama ne pipa mot.

« Pourquoi est-elle aussi peu causante ? » pensa la Sorcière, ébranlée par le mutisme de la guerrière.

Alors, désespérant de trouver le point faible de son interlocutrice, elle prononça les paroles les plus cruelles qui lui passèrent par l'esprit.

— Je suis triste pour toi, Valhallarama, car tu es une héroïne de légende. Ton fils et ton mari t'ont tirée vers le bas… Ils ont jeté la honte et le discrédit sur ta tribu, mais aussi sur le Royaume.

Elle observa une pause puis ajouta :

— J'ai lu l'avenir dans les lignes de ta main, alors que tu n'étais qu'une toute petite fille, et je sais que tu n'aurais jamais dû épouser ce gros balourd. N'est-ce pas, ma grande ? Stoïk la Brute ne te méritait pas…

Valhallarama ne cilla pas. Elle affichait une expression indéchiffrable. La flèche tournait toujours plus rapidement entre ses doigts.

— Si tout s'était passé comme prévu, tu aurais épousé Hercule Titan, un héros de ton calibre, et tout aurait été différent : tu n'aurais pas, par dépit, accepté la demande en mariage de Stoïk ; tu n'aurais pas donné vie à un avorton ; l'Archipel n'aurait pas connu une telle catastrophe. Oooh, tout ceci est absolument tragique. Quand je pense à celle que tu étais alors, attendant vainement le retour de son bien-aimé, de l'élu de son cœur...

La Sorcière secoua la tête.

— Il n'est rien de plus triste que les larmes d'une jeune fille. Toute cette histoire me brise le cœur...

Burgondofore marqua une pause.

— Mais bon, le temps finit toujours par panser nos blessures, n'est-ce pas ? D'ailleurs, j'ai appris qu'Hercule Titan avait fini par se marier avec une femme de vingt ans sa cadette.

Valhallarama ne réagit pas à la provocation.

La Sorcière lui adressa un sourire malveillant.

— C'est un bien vilain tour que le sort t'a joué... Mais aujourd'hui, tout peut rentrer dans l'ordre. Le destin a fait d'Alvin notre sauveur, en lui permettant de rassembler huit reliques royales !

La Sorcière acheva son adresse par une ultime pique.

— Tu es une femme de principes et de bon sens. Tu nous as apporté la carte, parce que tu savais qu'elle nous permettrait de mettre un terme à la guerre qui ravage l'Archipel. Comme nous, tu souhaites que les choses redeviennent ce qu'elles étaient. Et, qui sait, peut-être pourraient-elles même s'améliorer ? Achève ta quête, Valhallarama. Accomplis ton destin. Bref, donne la Pierre-Dragon à Alvin, notre roi.

« Pour l'amour de Thor, cette grande courge en fer blanc va-t-elle enfin se décider à parler ? pensa la Burgondofore. Est-elle devenue sourde ? Arg, ce suspense va finir par me tuer. »

Valhallarama leva une main gantée de métal, fit un pas en avant et prit enfin la parole.

Ai-je déjà dit que le silence avait un pouvoir ? Les gens se montrent très attentifs lorsqu'une personne qui s'est longtemps tue se décide enfin à prononcer quelques mots.

Tous les individus rassemblés dans la cour tendirent l'oreille.

— La Sorcière a parlé, dit Valhallarama. À présent, je vous prie de m'écouter attentivement. Il y a longtemps que je ne m'étais pas mêlée des affaires de l'Archipel. Et j'entends aujourd'hui expliquer les raisons de ma longue absence.

Cette adresse ne t'est pas adressée, Burgondofore, ni à toi, Alvin le Sournois, ni même à vous, tribus de l'Archipel.

Elle s'inclina devant la foule silencieuse puis se tourna vers son fils.

— Non, c'est à toi, Harold, que ces précisions sont destinées, annonça Valhallarama.

Notre héros n'avait pas desserré les poings. Sa colère semblait inextinguible.

— J'ai passé le plus clair de mon existence à mener des quêtes, dit-elle. Lorsque j'étais petite fille, mon père, le devin Clovisse, m'a avertie que l'Archipel courait un grave danger que seul un nouveau Roi de l'Ouest sauvage pourrait écarter. Il m'a récité la prophétie des reliques perdues, un secret que ne se partageaient que les Vikings les plus sages. Il fallait à tout prix éviter que ces objets tombent entre les mains d'individus malfaisants… Je me savais plus courageuse et clairvoyante que la plupart des barbares. Mon père m'ayant élevée en future souveraine, j'ai dédié ma vie à la recherche des reliques qui me permettraient de monter sur le trône.

Valhallarama lâcha un profond soupir.

— Et je dois avouer que cela me convenait parfaitement, tant j'aspirais à la liberté. J'étais bien trop viking pour m'attarder trop longtemps au domicile conjugal. Mon mari Stoïk a toujours respecté mon choix, même si je ne lui ai jamais révélé l'objet de ma quête. Car il me portait un *véritable* amour, ce sentiment que ni les jeunes filles ni les sorcières ne peuvent comprendre.

Son visage se fit plus grave que jamais.

— Quand je pense à tous les sacrifices que j'ai consentis pour accomplir ma mission sacrée! Je suis guerrière jusqu'au fond de l'âme, Harold, et c'est pourquoi je n'ai jamais su trouver les mots tendres qu'un fils attend de sa mère. Mais j'ai infiniment souffert d'être aussi longtemps séparée de toi, et n'ai jamais cessé de t'aimer. Ah, toutes ces années passées loin de notre logis, loin de ceux que je chérissais, mon époux, mon enfant! Combien de monstres et de guerriers ai-je affrontés? Combien de lieues ai-je parcourues, au nord, au sud, à l'ouest et à l'est? Combien de nuits ai-je passées à la belle étoile, dans des huttes de fortune, dans des cavernes ou des igloos? J'ai si longtemps vécu dans la solitude que j'en ai failli oublier ma langue maternelle…

À ces mots, Harold desserra légèrement les poings. Lui aussi avait souffert de l'isolement au cours de son exil.

— Mais j'accomplissais une quête pour le salut de l'Archipel, poursuivit Valhallarama, et m'étais résignée à accomplir ces terribles sacrifices. Cependant, malgré mes efforts, je n'ai trouvé aucune relique. Pas une seule. Aussi, quand la Sorcière m'a informée qu'Alvin en possédait *huit*, j'en suis restée comme deux ronds de flan. J'étais assommée. Quel héros devait être cet homme pour avoir triomphé là où j'avais échoué, malgré toute ma force et ma clairvoyance ! De mauvaise grâce, je me suis mise au service de ce souverain désigné par le destin et j'ai accepté de lui ramener la carte qui lui permettrait de trouver la Pierre-Dragon.

— Et tu as drôlement bien fait de rejoindre notre cause, caqueta la Sorcière. Mon Alvin a vraiment quelque chose de spécial.

— Mais ce que tu as oublié de préciser, Burgondofore – et je suis convaincue que c'était intentionnel –, c'est que c'était *mon fils* HAROLD qui avait déniché les reliques dont ton Alvin était si fier. J'étais tellement absorbée par ma vie aventureuse que je n'avais pas vu ce qui se passait sous mon nez, dans ma propre maison. Pendant que je recherchais ces objets, ils tombaient les uns après les autres entre les mains de mon héritier, comme par magie, sans qu'il fournisse le moindre effort ni ne prenne la mesure de leur valeur.

— Harold a trouvé toutes sortes de choses, c'est un fait, siffla la Sorcière, mais c'est *mon fils* ALVIN qui en est aujourd'hui propriétaire !

Valhallarama ignora cette remarque.

— J'ai commencé à me poser des questions lorsque je me suis remise de la migraine causée par la chute d'un tronc d'arbre sur mon crâne. Un tronc qui, je le précise, avait été abattu par mon fils.

— Harold t'a fait tomber un arbre sur la tête ? répéta Alvin. Je reconnais bien là ses manœuvres scélérates.

— Ce tronc a remis de l'ordre dans mes idées, continua Valhallarama. J'ai alors pensé : pourquoi les reliques tombent-elles toutes cuites dans les mains de Harold et non dans les miennes ? Mon interminable quête m'avait détournée de questions capitales : le destin avait-il choisi un autre que moi pour monter sur le trône de l'Ouest sauvage ? Se pouvait-il, au bout du compte, que j'aie accompli tous ces efforts en pure perte ?

Elle observa une pause, l'air pensif.

— Il me fallait examiner froidement les faits qui me tombaient sur la tête, à l'image de ce solide tronc d'arbre. Le destin ne voulait pas de moi pour reine, en dépit de mon intelligence. Ne manquais-je pas de la compassion nécessaire à l'exercice du pouvoir ? Car voyez-vous, si la tribu hooligan n'a jamais employé d'esclaves, nous avons fermé les yeux sur les agissements des autres tribus, sur le sort infligé à tant de malheureux, comme ceux qui peuplaient et peuplent encore cette forteresse, la sinistre Prison du Cœur noir. La vérité, c'est que nous nous sommes toujours conduits comme si elle n'existait pas.

Elle regarda son fils droit dans les yeux.

— Mais Harold, lui, n'a pas hésité à affronter la vérité. N'est-ce pas là une attitude digne d'un roi ? Et puis, il y a la question des dragons. Mon fils l'a admirablement résumée. Doivent-ils disparaître à jamais ? Devrons-nous dire adieu à la magie, à nos rêves d'enfance ?

— Une question puérile, qui ne pouvait sortir que de la bouche d'un enfant, trancha la Sorcière. Car il est déjà trop tard. À mon grand regret, la guerre est allée trop loin pour que ces monstres puissent être sauvés de l'extinction. Aujourd'hui, c'est eux ou nous…

— Il est peut-être trop tard, admit Valhallarama, la mine sombre, mais au moins, mon fils aura essayé de sauver ces merveilleuses créatures. J'admets que certains dragons peuvent être qualifiés de monstres. Mais n'est-ce pas le cas de bon nombre d'humains ?

Sur ces mots, elle fusilla Alvin et la Sorcière du regard.

— Juché sur le dos de mon Fantôme d'argent, j'ai volé si haut que la pointe de ses ailes semblait frôler la lune… Doit-il être éliminé sous prétexte que quelques-uns de ses congénères ont des manières un peu brutales ? Si les dragons

Juché sur le dos de mon Fantôme d'argent, j'ai volé si haut que la pointe de ses ailes semblait frôler la lune…

s'éteignent, devrons-nous rester cloués au plancher des vaches ?

Ému par ce discours, le Fantôme d'argent déploya lentement ses ailes. Les feux projetés par les torches se reflétèrent sur ses délicates écailles argentées, qui étincelèrent comme une constellation.

La foule retint son souffle. Chacun gardait en mémoire des moments exaltants passés à dos de dragon, des promenades aériennes et échevelées.

— À propos, poursuivit Valhallarama sur un ton très détendu, les yeux mi-clos, la flèche tournoyant entre ses doigts, une chose m'a un peu chiffonnée, dernièrement… Je veux parler de cette flèche que j'ai retirée de la patte de ma monture, ce projectile qui, selon toi, Burgondofore, aurait été décoché par un soldat anonyme. J'observe qu'elle est garnie de plumes de corbeau et que sa pointe a été trempée dans le venin de Vorpent venimeux. Je crois me souvenir — corrige-moi si je me trompe — que tu possèdes un corbeau pour animal de compagnie, et que le venin de Vorpent est ton poison favori.

« Nom d'une pipe, pensa la Sorcière, désagréablement surprise, j'aurais dû éliminer cette grosse dinde quand j'en avais l'occasion. À sept ans, déjà, c'était une gamine sauvage, mais redoutablement avisée… Ce doit être d'elle que cette petite vermine de Harold tient son intelligence, puisqu'il est inutile de chercher du côté de son attardé de père… »

— Les corbeaux font d'adorables animaux de compagnie, admit Burgondofore. En revanche, je n'emploie plus guère le venin de Vorpent, car je le trouve moins efficace qu'autrefois…

— Me crois-tu née de la dernière pluie, Sorcière ? demanda Valhallarama. Cette flèche appartient à ton fils Alvin, et c'est lui qui a pris pour cible mon Fantôme d'argent.

Burgondofore resta muette.

Elle était à court de mensonges.

Alors, Valhallarama s'adressa vers la foule.

— Peuples de l'Archipel, l'heure est venue de vous trouver un roi. C'est à vous, et à vous seuls, qu'il appartient de décider. Vous pouvez choisir le fils de cette maudite femme, Alvin le Sournois, l'homme au nez d'or, au crochet criminel et au cœur de glace, mais vous savez, en votre for intérieur, quel avenir il vous réserve.

Elle désigna l'intéressé, cet homme musculeux et cuirassé qui exhibait les reliques royales avec tant d'ostentation que c'en était presque comique.

— Ou choisir mon fils, Harold Horrib'Haddock, troisième du nom, qui, s'il est un peu spécial, vous offre l'espoir d'un monde meilleur.

Ou choisir mon fils, Harold Horrib' Haddock, troisième du nom, qui est juste un peu spécial.

La colère de notre héros s'était dissipée pour de bon. Il éprouvait un grand calme intérieur. Le discours de sa mère l'avait soulagé d'un grand poids.

— Je t'aime, Harold, bredouilla-t-elle, même si mes lèvres peinent à prononcer ces mots. Je ne changerai pas de nature, mais, tonnerre de Thor, je combattrai pour toi de toute mon âme de guerrière.

La flèche noire tournait désormais à une telle vitesse qu'elle ne formait plus qu'un disque flou.

— Peuples de l'Archipel, la Sorcière a parlé au nom d'Alvin, et j'ai parlé au nom de Harold. Maintenant, l'heure est venue de faire votre choix, et voici le mien.

L'heure de vérité avait sonné.

À une vitesse stupéfiante (car les mouvements d'une véritable héroïne sont plus vifs que la pensée), Valhallarama brandit son arc, y plaça la flèche noire et la décocha pile dans le cœur d'Alvin le Sournois.

Puis elle ôta le pendentif serti de la Pierre-Dragon et le passa au cou de son fils, Harold Horrib'Haddock, troisième du nom.

Un concert de hurlements ébranla les murailles de la prison.

La Sorcière poussa un hurlement.

Alvin tressaillit, mais la flèche n'avait pu pénétrer les trois couches de métal qu'il portait sous sa cuirasse royale. (Alvin, qui n'était pas complètement sot, était conscient qu'il s'était peut-être fait quelques ennemis au cours de son règne.)

— Je suis indemne, mère, la rassura-t-il, violet de rage et de peur, en arrachant la flèche de sa poitrine, non sans quelque difficulté. Mais nous devons faire cesser ce bavardage et liquider tout le monde immédiatement.

— Je m'occupe de tout, cracha la Sorcière. C'est une situation délicate.

Elle sauta de son trône et brailla :

— RASSUREZ-VOUS, LE ROI EST INDEMNE ! TOUT VA BIEN ! QUE PERSONNE NE BOUGE ! PAS DE PANIQUE !

Elle agita les bras à la manière d'une chauve-souris en phase de décollage dans l'espoir de reprendre le contrôle de la situation.

— Chère Valhallarama, lança-t-elle, nous passerons outre cette tentative de meurtre sur la personne de mon fils. Nous sommes un peu surpris par ton comportement, mais nous te pardonnons, car nous sommes des tyrans au grand cœur.

— Parle pour toi, mère, lâcha Alvin entre ses dents serrées. Je m'en vais la tuer, rouler sur son cadavre avec mon char et livrer ses restes à mon serpent favori…

— JE M'OCCUPE DE TOUT, ALVIN ! répéta Burgondofore en se tournant vers la guerrière qui la défiait. Toi, ma grande, laisse-moi te dire que cette mutinerie ne te mènera nulle part ! Allons, allons… Ton fils Harold, Roi de l'Ouest sauvage ? Ce doit être une plaisanterie.

Elle lâcha un caquètement effrayant.

— Tes propos sont une insulte à la dignité des Vikings. Comment oses-tu suggérer une telle absurdité ? Se laisseront-ils gouverner par un esclave ? Car c'est bien ce qu'est ton fils ! Un *esclave* ! Et ça, personne n'y changera rien. Tu as beau être une légende vivante, tu ne peux pas effacer la Marque qui orne son front, pas plus que tu ne peux inverser la course du temps.

Valhallarama demeura silencieuse.

Elle se dirigea d'un pas martial vers Anthrax la Gencive, l'âme damnée d'Alvin, qui portait un grand sac bourré d'armes et de pièces d'équipement.

Valhallarama en tira un objet long et fin.

Un objet long et fin qui s'achevait par un S métallique rougeoyant comme une braise. Elle le brandit au-dessus de sa tête afin que toute l'assistance puisse l'observer.

Bouche bée, les Vikings virent Valhallarama appliquer le fer contre son front.

La guerrière ne cilla pas. Là, sur sa peau blanche, luisait la Marque des esclaves.

C'était invraisemblable ! Impossible !

Bravant les lois ancestrales de l'Archipel, Valhallarama s'était infligée de son plein gré la Marque des esclaves.

Invraisemblable !
Impossible !
Valhallarama s'était infligée
la Marque des
esclaves !

29. La Marque du Dragon

Si, au pied des remparts, les dragons rebelles hurlaient comme des démons, un silence de mort régnait dans la cour intérieure de la prison.

Éberluée, la Sorcière recula vers son trône.

— Es-tu devenue folle ? bégaya-t-elle. Tu t'es condamnée à l'esclavage ! Peux-tu me dire ce que ça signifie ?

— Cette marque n'est qu'un symbole, et rien de plus, répondit Valhallarama. Et nous sommes libres d'en changer le sens. À compter de ce jour, je proclame qu'elle n'est plus la Marque des esclaves, mais celle du Dragon. Sur mon front, elle est le

J'APPELLE TOUT CEUX QUI RECONNAISSENT HAROLD À ARBORER LA MARQUE DES ESCLAVES !

témoignage de l'amour que je porte à mon fils et à mon époux. ET J'APPELLE TOUS CEUX QUI RECONNAISSENT HAROLD COMME LEUR ROI À L'ARBORER FIÈREMENT !

— J'imagine que c'est ce que tu appelles « avoir la situation bien en main » ? chuchota un Alvin ulcéré à l'oreille de sa mère.

— C'est absurde… glapit la Sorcière. Ridicule… La Marque des esclaves reste la Marque des esclaves. Il en est ainsi depuis des siècles. Valhallarama, qu'entends-tu par *Marque du Dragon* ? Tu ne peux pas changer les choses à ta convenance. IL N'EXISTE PAS DE MARQUE DU DRAGON ! Tu viens tout juste de l'inventer !

Harold n'en croyait ni ses yeux ni ses oreilles.

Il étudia le visage des Vikings qui avaient préféré servir Alvin le Sournois que d'être réduits en esclavage. Certains observaient le Fantôme d'argent. Les autres contemplaient la pointe de leurs sandales. Il était impossible de deviner le fond de leur pensée.

Les dés étaient jetés.

En s'infligeant la flétrissure ultime, Valhallarama avait mis son honneur de Viking dans la balance, s'était abaissée au niveau des êtres déclarés inférieurs par Alvin et ses sbires, comme les esclaves et les dragons. Qui oserait l'imiter ? Qui prendrait le risque de se ranger aux côtés de Harold ?

Elle attendit que des volontaires se détachent de la foule.

— Tu vois ? grinça la Sorcière, qui avait soudainement retrouvé sa contenance. Personne ne veut de ta prétendue Marque du Dragon ni de ton méprisable avorton…

« Bon sang, pensa Harold. Pourquoi ma mère n'a-t-elle pas gardé la relique ? Avec son charisme, elle n'aurait eu aucun mal à se faire couronner reine. Les Vikings de l'Archipel l'auraient suivie aveuglément. »

Lui n'avait jamais réussi à persuader un seul de ses camarades de rejoindre son équipe de Crâne-ball. Par quel miracle les Vikings le choisiraient-ils pour roi ?

— Je serai honoré de porter la Marque du Dragon, fit une voix dans la foule.

Rakaï le Louche fit un pas en avant.

Rakaï le Louche, héritier de la tribu des Tronchkeks, digne fils de Ghor la Béquille.

Âgé de seize ans, cette montagne de muscles était considérée dans tout l'Archipel barbare comme le modèle du jeune héros viking. La plupart des chefs auraient rêvé de l'avoir pour rejeton.

Ghor la Béquille était drôlement en pétard.

— Rakaï ! En tant que père et chef, je t'ordonne de regagner les rangs !

Mais le garçon, sourd à cette injonction, avança vers Valhallarama.

— Désolé, père, répliqua-t-il avant de s'incliner brièvement devant Ghor, conformément aux usages vikings. Mais Harold a raison. Si les dragons étaient libres, ils ne nous feraient pas la guerre. L'heure est venue de bâtir un monde meilleur.

Il se planta devant Valhallarama, raide et martial, posa un genou à terre et ôta son casque, comme s'il s'apprêtait à recevoir la distinction de chevalier.

Valhallarama posa le fer sur son front.

— Longue vie au roi Harold ! lança Rakaï en brandissant triomphalement le poing.

— Un seul volontaire, ricana la Sorcière. Voilà donc toute l'armée de l'avorton…

— Longue vie au roi Harold ! reprit un groupe de jeunes Tronchkeks.

Alors, comme dopés par cette exclamation, tous les adolescents des tribus de l'Archipel se pressèrent pour recevoir la Marque du Dragon. C'est ce moment que choisit Kamikazi, juchée sur le dos de l'Ombre de la mort, pour se poser dans la cour intérieure. Ayant mis pied à terre, elle dut se frayer un chemin dans la foule à coups de coude et menacer des pires tourments plusieurs Larrons des Bas-fonds pour atteindre Valhallarama.

Harold était estomaqué. Comment une telle chose était-elle possible ?

Il ignorait que des changements s'étaient produits au cours de l'année qu'il avait passée à l'écart de la société viking.

Lui, l'un des adolescents les plus chétifs de l'Archipel, était devenu le porte-étendard de la jeunesse barbare.

Tous les apprentis vikings avaient suivi le récit de ses exploits. Ils savaient avec quelle adresse et quel courage il avait désamorcé les pièges à dragons et échappé aux guerriers d'Alvin le Sournois.

Le récit de ses exploits avait voyagé d'île en île, de village en village. On n'évoquait plus son nom pour se payer sa poire ou souligner ses bizarreries, mais pour s'émerveiller de sa bravoure.

Nul barbare de moins de vingt ans n'ignorait qu'il avait découvert le Pays-qui-n'existe-pas, terrassé le Dragonus Oceanus Maximus et le Strangulator, roulé les Romains de Fort Sinistrum, sauvé l'île de Magmalotru de la destruction, échappé aux griffes de la Sorcière sur l'île de Nulle-Part et déniché TOUTES les reliques perdues de Barbe-Sale le Grave avant de s'en faire déposséder par Alvin le Sournois.

En effet, vu sous cet angle, on pourrait s'étonner qu'il n'ait pas accédé plus tôt au statut de héros. À part se promener avec une pancarte portant l'inscription JE SUIS LA PLUS GRANDE LÉGENDE DE L'HISTOIRE DE L'ARCHIPEL, Harold aurait difficilement pu en faire davantage.

Mais les Vikings, bourrés de préjugés, n'étaient pas hommes à changer facilement d'avis.

Même la date d'anniversaire de Harold — le 29 février, qui ne se présentait que les années bissextiles —, qui avait jusqu'alors été tournée en ridicule, était devenue un sujet d'admiration.

— Et j'ai entendu dire qu'il n'avait que quatre ans, chuchotaient les uns avec le plus grand respect.

— Avoir accompli tous ces exploits à cet âge, c'est tout simplement surhumain ! estimaient les autres.

C'est sur de tels détails, cher lecteur, que fleurissent les légendes…

Je crois avoir écrit, au tout début des aventures de Harold, que son histoire était celle d'un garçon ordinaire, et de la façon dont il devint un héros… à la dure.

Que de difficultés il avait dû affronter !

Seul, il s'était dressé contre Alvin le Sournois et les tribus qui avaient pris son parti. Seul, il avait lutté pour ses idéaux, alors que tous ses congénères le prenaient pour un doux dingue ou un traître de la pire espèce.

Au bout du compte, cette opiniâtreté avait de quoi séduire des Vikings réputés pour leur caractère borné.

360

Malgré sa combinaison en peau de dragon toute rapiécée, son équipement de bric et de broc, son Vole-au-vent boiteux, son petit dragon édenté et sa Marque sur la tempe…

(Même si, en y regardant de plus près, ce tatouage en forme de dragon était plutôt seyant.)

… Harold était devenu un héros.

Et pas n'importe quel héros.

Pas un vieux frimeur rhumatisant radotant de glorieuses anecdotes.

Non, un héros bien vivant que ses admirateurs voulaient suivre au combat la fleur à la hache au péril de leur vie.

Il était plus qu'un héros. Presque un roi. Et les jeunes Vikings n'étaient pas les seuls à l'admirer. Même Ghor la Béquille posait un regard neuf sur Harold. Miracle, il avait changé d'avis.

Comment une situation peut-elle se renverser aussi soudainement ?

Le fait est que l'état d'esprit général s'était considérablement modifié, sans que les Vikings en prennent clairement conscience. La prison du Cœur noir avait toujours été un secret honteux, un objet de déshonneur que les tribus qui se refusaient à pratiquer l'esclavage s'étaient efforcées d'ignorer.

De plus, la plupart des Vikings adoraient les dragons. Ils avaient grandi à leurs côtés et, malgré la guerre, il leur était impossible d'imaginer une vie sans eux.

En outre, ils avaient vu Alvin et la Sorcière trahir et réduire en esclavage bon nombre de leurs partisans, et chacun redoutait d'être le prochain sur la liste.

Ainsi, beaucoup de barbares avaient changé leur fusil d'épaule. Il s'en fallait d'un rien pour que ce vent de révolte ne se change en un authentique mouvement révolutionnaire.

— MU-U-U-U-U-UTINERIIIIIIE !!! hurla Alvin le Sournois. LOYAUX CITOYENS DE L'OUEST SAUVAGE, ARRÊTEZ CES TRAÎTRES, JETEZ-LES DANS LES CACHOTS LES PLUS PROFONDS DE LA PRISON ET DÉBARRASSEZ-VOUS DES CLÉS !

Cette déclaration provoqua un grand désordre, chacun se trouvant dès lors sommé de choisir son camp. Or, il n'était pas facile de se décider. Comment savoir de quel côté pencherait la balance ?

Bien entendu, tous les esclaves s'étaient rangés du côté de Harold. Plusieurs gardes commencèrent à détacher les chaînes de leurs prisonniers. Parmi les Vikings qui avaient jusqu'alors servi Alvin, les Bouchers bourrus du Bayou et les

Hooligans hirsutes désapprouvaient secrètement le nouveau régime.

Mais la Sorcière et Alvin comptaient de nombreux partisans au sein des Homicides, des Mochetrogoths, des Larrons des Bas-fonds et des Touchefils, un ramassis d'individus dépourvus de cœur et de cervelle.

La plupart des partisans de Valhallarama n'ayant pas eu le temps de recevoir la Marque du Dragon, les deux camps n'étaient pas clairement définis. La bataille qui s'ensuivit tourna rapidement à la confusion la plus totale.

Bientôt, rythmés par le son des lames s'entre-choquant, on n'entendit plus que des échanges confus dont je ne résiste pas, cher lecteur, à te livrer un échantillon :

— Mais qu'est-ce que tu fiches ? Je suis de ton côté !

— Oh, désolé. Vu que tu fais partie des Homicides, je pensais que tu étais avec la Sorcière.

— Ah d'accord, je vois ! Bonjour les préjugés !

Décochant les flèches à une cadence infernale, Valhallarama se fraya un passage jusqu'à Stoïk la Brute puis – YI-AAAH ! – brisa ses chaînes d'un coup de hache.

Harold, qui se trouvait dans les parages, entendit sa mère déclarer :

— Tu n'étais peut-être pas mon premier amour, Stoïk la Brute, mais tu seras le dernier…

Les yeux du vieux chef se mirent à briller. Devant ce prodige, Valhallarama sourit, ce qui, si mes informations sont exactes, ne lui était guère arrivé depuis son enfance.

— Bienvenue dans le Bataillon de la Marque du Dragon, chef Stoïk ! s'exclama-t-elle.

Sur ces mots, elle remit à son mari son épée de rechange.

Le cœur de ce dernier débordait de gratitude. Pour l'amour de Thor, il ne se sentait plus si vieux que ça. Certes, il n'était plus à proprement parler un jeune homme, mais les meilleures années de

Tu n'étais peut-être pas mon premier amour, Stoïk la Brute, mais tu seras le dernier…

sa vie étaient encore devant lui. Ivre de joie, il ne put s'empêcher d'esquisser une gigue martiale.

— Valhallarama, mon petit ange ! dit-il. Ça me touche énormément, tout ce que tu as dit, et tu es plus belle que jamais !

La guerrière tira Finemouche de son fourreau puis les deux tourtereaux firent affectueusement tinter leurs lames l'une contre l'autre, comme s'ils portaient un toast à leur amour éternel.

Enfin, Stoïk lâcha un cri évoquant le mugissement furibond d'un taureau sauvage puis se lança à corps perdu dans la bataille, agitant son épée sous le museau des guerriers d'Alvin. Certes, ses genoux craquaient discrètement à chaque fente, mais l'un dans l'autre, il faut reconnaître qu'il avait de beaux restes.

— GARDES DE L'OUEST SAUVAGE ! rugit Alvin. LIQUIDEZ CETTE VERMINE RÉVOLUTIONNAIRE !

— NON ! hurla la Sorcière. La Rébellion ! Vous oubliez la Rébellion !

Mais les gardes postés sur les remparts, parfaitement disciplinés, quittèrent leur position pour répondre à l'ordre d'Alvin. Profitant de ce repli inespéré, les dragons se rassemblèrent en formation de combat et se préparèrent à lancer l'assaut final sur la prison du Cœur noir.

30. La bataille de la prison du Cœur noir

Le Cimetière des dragons, cette baie maudite condamnée à se combler de cadavres, n'avait jamais été aussi sinistre. Le vent qui mugissait entre les squelettes semblait porter la voix d'innombrables fantômes.

Mais depuis le fond de la mer, des reptiles bien vivants accouraient en ordre de bataille.

Ils gagnèrent la surface, multitude grouillante composée des espèces les plus haineuses que le monde barbare ait jamais connues.

Des Claquebottes se lovaient dans les carcasses blanchies, secouant leurs ailes trempées. Des Coupechoux, des Rongemottes, des Bavebiles et des Virelangues se joignirent à eux. C'étaient là les dragons les plus vils, ceux qui n'avaient au cœur que la haine des humains.

Ils entonnèrent les premières strophes de la Rage rouge en aiguisant leurs serres sur les ossements de leurs ancêtres. À leurs yeux, les hommes qui fuyaient les remparts, abandonnant ces engins de mort qui avaient craché tant de boulets et de javelots, n'étaient que des fourmis.

Les dragons savaient que l'heure du triomphe avait sonné.

SANS PITIÉ, ÉCRASEZ LA VERMINE BIPÈDE!
BARBOUILLEZ VOS MUSEAUX DU SANG DE L'ENNEMI!
LIQUIDEZ LES HUMAINS ET TOUT CE QU'ILS POSSÈDENT!
LA VICTOIRE EST À NOUS!
EN AVANT, MES AMIS!

Accroupi au centre du cimetière se tenait Furax. Je chercherais en vain les mots propres à décrire sa beauté… Depuis que Harold lui avait permis de fuir sa prison de Touchefil, sa peau, bien que couturée de cicatrices, avait retrouvé son bleu originel, infiniment plus pur que le ciel, bien plus profond que l'océan.

— Les humains s'entredéchirent, chuchota le grand dragon.

Une flamme dansait au fond des yeux, *au sens propre du terme*. C'était là une extraordinaire particularité propre aux grands dragons de mer adultes : en certaines circonstances, leurs globes oculaires

s'embrasaient,
produisaient de la fumée
puis lâchaient de fines flammèches
écarlates semblables à des rayons laser.

— À L'ATTAQUE, rugit le dragon Furax en se
tournant vers son second, un Dragonus Oceanus
Maximus prénommé Tourmente.

— À L'ATTA-A-A-A-AQUE !
répéta ce dernier à l'adresse des
troupes rebelles.

Et c'est ainsi que débuta la bataille de la prison du Cœur noir.

Pour la première fois depuis l'inauguration de la forteresse, près d'un millier d'années plus tôt, les dragons investirent les créneaux désertés par l'ennemi puis fondirent sur la cour centrale.

Plongés dans le plus complet désarroi, les humains assistèrent impuissants au démantèlement de leurs armes de destruction.

Simultanément prise à partie par une compagnie de guerriers de l'Ouest sauvage et une escadrille de dragons, Valhallarama liquida quatre Coupe-choux qui filaient dans sa direction, ailes-lames déployées à hauteur de son cou, puis s'exclama :

— SOLDATS DE LA MARQUE DU DRAGON ! ÉVACUEZ LA PRISON, EMBARQUEZ À BORD DES DRAKKARS PUIS GAGNEZ L'ÎLE DES BOUCHERS BOURRUS DU BAYOU ! C'EST LÀ QUE JE VOUS RETROUVERAI !

Alvin et ses partisans appliquèrent une stratégie comparable, se ruant vers les bateaux amarrés devant la forteresse. La sorcière leur ordonna de se retirer en territoire mochetrogoth, à l'est de l'Archipel.

Chacun se trouvait confronté à un choix capital : fallait-il soutenir Harold et fuir vers l'ouest ou se ranger du côté d'Alvin et battre en retraite vers l'est ?

La Denture et Krokmou, eux, n'étaient pas libres de leurs mouvements, puisqu'ils se balançaient dans leurs filets à ambre, au-dessus de l'épaule d'Alvin.

— Nous n'allons pas dans le bon s-s-sens ! couina Krokmou. Nous devons retrouver Harold ! C'est un désastre ! Je suis la plus précieuse des reliques. Sans moi, tout est fichu !

Hubert, le Bibliothécaire sadique et pervers, avait passé l'éponge sur le différend qui l'avait si longtemps opposé à notre héros. Depuis qu'il avait découvert à ses dépens ce que valaient les promesses de la Sorcière, il avait un nouveau compte à régler. Aussi décida-t-il de faire voile vers l'ouest, en direction de l'île des Bouchers Bourrus du Bayou.

Rustik, lui, demeurait planté au milieu de la cour, l'air hagard, tournant alternativement la tête vers l'est puis l'ouest.

Il était incapable de se décider.

Il connaissait désormais la véritable nature d'Alvin et de la Sorcière. Il les haïssait autant qu'il les craignait. Mais soutenir Harold ? Reconnaître pour souverain ce méprisable avorton ? Cette pensée le révoltait.

— Rustik ! cria Tronch le Burp, qui se battait comme un démon à ses côtés. Il n'est pas trop tard pour choisir le bon camp. Tu es l'un des meilleurs guerriers que j'aie jamais instruit. Te souviens-tu seulement que tu as été décoré de

Ouest

avec Harold et le Bataillon de la Marque du Dragon

Est

avec Alvin et la Sorcière

Quel camp Rustik va-t-il choisir ?

l'Étoile noire, après la bataille du Lapin vert ? Mets-toi au service d'une noble cause ! Rejoins le Bataillon de la Marque du Dragon !

Le garçon resta muet. Tronch, qui avait d'autres reptiles à fouetter, haussa les épaules puis retourna au combat.

Rustik tira de sa poche l'Étoile noire, la plus haute distinction militaire de l'Archipel. Il l'étudia sous toutes les coutures sans parvenir à se décider. Est ou ouest ? Est ou ouest ?

Quel parti soutenir ?

Et c'est ici que nous le laisserons, perdu dans ses pensées, au beau milieu du champ de bataille. Mais je gage, cher lecteur, que nous aurons bientôt de ses nouvelles…

Valhallarama se fraya un chemin jusqu'à Harold.

— BAISSE-TOI ! cria-t-elle.

— Hein ?

— BAISSE-TOI, JE TE DIS ! répéta-t-elle en le forçant à s'agenouiller.

Elle décocha une flèche qui refroidit en plein vol un Coupechou qui fondait en piqué dans leur direction.

— Écoute-moi attentivement, fils, dit-elle. Tu ne peux pas demeurer ici plus longtemps. Prends la Pierre-Dragon et fais en sorte que ni les humains ni les dragons ne puissent la retrouver. L'Ombre de la mort veillera sur ta sécurité. Le jour du couronnement, tu rejoindras l'île d'À-Demain. Le Bataillon et moi-même t'y retrouverons. D'ici là, personne ne doit savoir que tu es encore en vie.

— Mais je n'ai plus qu'une relique ! Toutes les autres sont entre les mains d'Alvin !

— Tu possèdes la plus importante, fit observer Valhallarama. Tu veilleras sur elle comme sur la prunelle de tes yeux.

Avant que la guerrière ne retourne au combat, Harold posa une main sur son bras gainé de métal. Il était épuisé et dépenaillé. Ses vêtements étaient raidis et brûlés par le sel marin et les sucs gastriques. Pourtant, il semblait moins frêle et banal qu'à l'ordinaire.

Il avait l'air… Oh, mon Dieu, de quoi avait-il l'air au juste ?

C'était il y a si longtemps… Laisse-moi réfléchir, cher lecteur.

Je crois qu'il avait l'air un peu plus…

… adulte.

— Merci, lança-t-il.

— Tu n'as pas à me remercier, répondit Valhallarama. N'oublie jamais que je suis ta mère. Et puis…

— Oui, maman ?

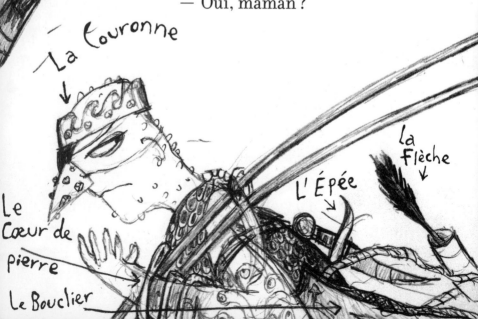

Le Trône

La Couronne

L'Épée

La Flèche

Le Cœur de pierre

Le Bouclier

— Ne te juge pas trop sévèrement si, au bout du compte, les choses ne tournent pas comme nous le souhaitons. Les héros ne peuvent guère que donner le meilleur d'eux-mêmes. Nous ne sommes, hélas, pas tenus à l'impossible, et je suis bien placée pour le savoir…

Harold se hissa sur le dos de l'Ombre de la mort.

— Kamikazi! Findus!

— On vient avec toi? demanda sa camarade.

— Bien sûr que vous venez avec moi. Il est hors de question que je retourne à la solitude.

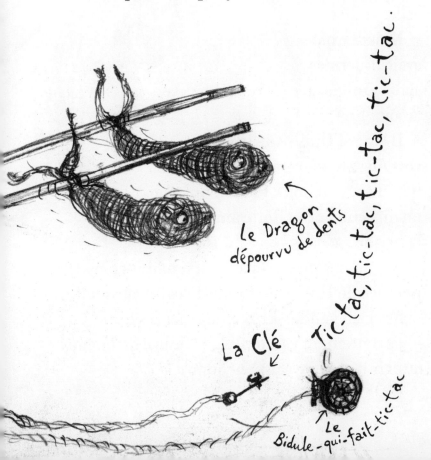

Le Dragon
dépourvu de dents

La Clé

Tic-tac, tic-tac, tic-tac, tic-tac.

Le
Bidule-qui-fait-tic-tac

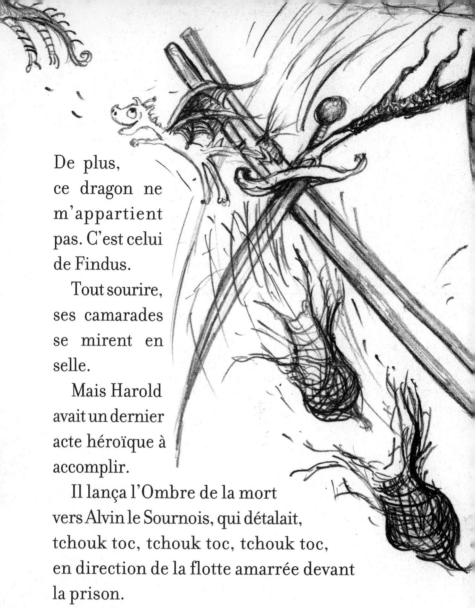

De plus,
ce dragon ne
m'appartient
pas. C'est celui
de Findus.

Tout sourire,
ses camarades
se mirent en
selle.

Mais Harold
avait un dernier
acte héroïque à
accomplir.

Il lança l'Ombre de la mort
vers Alvin le Sournois, qui détalait,
tchouk toc, tchouk toc, tchouk toc,
en direction de la flotte amarrée devant
la prison.

Au-dessus de son épaule, il tenait les longues
perches de Hubert le Bibliothécaire auxquelles
étaient suspendus Krokmou et La Denture.

Parfaitement camouflée, l'Ombre de la mort
atteignit sa cible sans encombre.

Harold se pencha au-dessus du vide puis, d'un coup d'épée, trancha les filets, libérant les deux petits dragons qui prirent aussitôt leur envol. Krokmou lança un cri triomphal évoquant à s'y méprendre le cri d'un coq asthmatique.

Et à cet instant précis, Alvin leva les yeux, agita un crochet rageur en direction des fuyards, et attrapa accidentellement la chaîne du médaillon de Harold.

— Abattez-le ! hurla-t-il à ses archers.

Lorsque l'Ombre de la mort prit de l'altitude afin d'échapper à la pluie de flèches, la chaîne se brisa…

Krokmou, La Denture et le grand dragon invisible s'élevèrent au-dessus des remparts…

— JE L'AI ! rugit Alvin en serrant la Pierre-Dragon dans sa main valide.

OH, PAR THOR.

Alvin le Sournois s'est emparé du joyau…

Ainsi, après tant de combats, après tant de drames, après tant de retournements de situation…

… la relique était entrée en possession d'Alvin.

Plutôt fâcheux, n'est-ce pas ? Il avait suffi d'une seconde d'inattention, d'un faux mouvement, pour que la quête de Harold tourne à l'eau de boudin.

— NOOOOOON ! cria notre héros.

La Sorcière contempla amoureusement l'objet de sa convoitise.

Elle lâcha un caquètement haut perché puis, au beau milieu du champ de bataille, elle écarta ses bras longs et grêles.

— Je savais que les augures ne pouvaient mentir ! jubila-t-elle.

C'est bien moi que le destin a désignée ! Merci, ô sombres pouvoirs de la mort et des ténèbres que j'ai toujours fidèlement servis ! Merci, ô fortune glorieuse aux desseins impénétrables !

Elle secoua un poing osseux vers les cieux.

— Voici venue l'heure de mon triomphe ! Laisse-moi le voir, Alvin, mon ange ! Laisse-moi le tenir !

Quelle tristesse de voir ce joyau abritant un feu éternel logé entre les mains crochues de cette affreuse bonne femme.

Elle posa ses lèvres blêmes sur la relique… puis se mit à fredonner, comme une pure démente, en la berçant tendrement.

— Prenez garde, petits êtres innocents qui peuplez le ciel… Prenez garde, splendides dragons aux grandes ailes déployées… car nous pourrons bientôt provoquer votre chute, vous qui vous croyez si puissants… Nous vous arracherons au ciel et vous regarderons *agoniser* dans la boue…

Un sourire à glacer le sang illumina son visage de spectre.

— Prenez garde, reptiles, chuchota la vieille folle, car vos jours sont comptés… Prenez garde… Prenez garde… Prenez garde…

380

Elle remit le précieux joyau à son déplaisant rejeton, qui le rangea bien à l'abri dans la poche blindée de sa cuirasse.

Ainsi, comme prévu, Harold avait trouvé la Pierre-Dragon mais s'était montré incapable de la conserver plus de quelques minutes.

Alvin rejoignit le drakkar royal, tchouk toc tchouk toc tchouk toc, sa mère bondissant à quatre pattes dans son sillage, semblable au squelette d'un loup revenu à la vie. Le Bidule-qui-fait-tic-tac suspendu à sa ceinture tictaquait de façon lente et irrégulière.

Ti-i-i-i-i-ck... to-o-o-o-ock... ti-i-ick... to-o-o-o-ock... ti-i-i-i-ick...

Ravi d'avoir retrouvé son maître, Krokmou lança un *Kro-feli-fro!* tonitruant.

— *Tu n'as plus à t'inquiéter, Harold! Pas de p-p-panique. Je suis de retour! La plus importante des reliques!*

L'Ombre de la mort franchit les murailles de la prison du Cœur noir à l'instant où les grandes portes s'ouvraient, délivrant un flot d'humains en déroute.

L'ennemi ayant déserté le champ de bataille, les dragons se rendirent maîtres de la forteresse.

Ils se répandirent dans les galeries. Une meute de Virelangues réduisit en cendres les tables de la cour. Ils abattirent les tours comme des arbres et comblèrent les cellules où, des siècles durant, les esclaves avaient souffert mille morts.

Assis dans le Cimetière des dragons, Furax, ignorant les drakkars aux voiles en charpie qui quittaient la baie en lâchant leurs dernières munitions, garda les yeux braqués vers le ciel.

— Le garçon... siffla-t-il. Où est le garçon répondant au nom de Harold ?

Le garçon était là, perché sur le dos du grand dragon invisible, planant au-dessus de sa tête.

Soudain, l'explosion d'un boulet tiré depuis l'un des bateaux décontenança l'Ombre de la

mort qui, l'espace d'un instant, perdit son invisibilité. Alors, Furax eut une vision fugitive de Harold perché sur son dos. Puis POUF ! Plus rien…

Il l'avait pourtant vue, bon sang… Il en était certain… L'Ombre de la mort, ce dragon qu'il avait chargé d'éliminer Harold, ce dragon qui clamait haut et fort sa haine des hommes, avait changé de camp et aidé le garçon à s'évader !

Comment était-ce possible ? Furax avait pourtant choisi ce complice en raison de ses prises de position radicales en faveur de l'éradication de l'espèce humaine…

Oui, il avait choisi ce dragon-là parce qu'il partageait en tous points ses convictions...

Pourtant, il avait aperçu non seulement la silhouette de Harold sur le dos de son vieux complice, mais aussi celle de Kamikazi et de Findus, ainsi que les trois petits dragons qui voletaient autour d'eux comme des moucherons. Il avait vu les têtes d'Innocence, de Patience et d'Arrogance jeter des éclairs dans toutes les directions.

Comment le garçon avait-il convaincu l'Ombre de la mort de trahir son camp ?

Qu'avait-il de si spécial, à la fin ?

Furax déploya ses immenses ailes bleues et effectua un ultime bond désespéré vers le ciel. Ses mâchoires se refermèrent sur le vide. Ses grandes serres fouettèrent les airs.

Il retomba au milieu du cimetière, bredouille et accablé.

Il poussa un cri à déchirer les tympans puis, pris d'un accès de fureur, projeta aux quatre vents les rochers qui se trouvaient à sa portée, dévasta la végétation alentour et sema la terreur parmi ses propres fidèles qui prirent la fuite en couinant comme des chiens battus.

Pour terminer, il cracha un torrent de feu qui incendia l'ensemble de la baie, annihilant toute flore à une lieue à la ronde.

Enfin, il s'accroupit, à bout de souffle, au centre du brasier, puis se coucha sur le flanc,

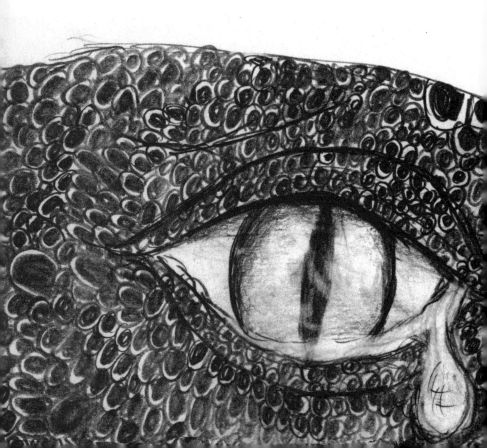

comme un grand chat bleu à l'agonie. Ses yeux étincelants de flammes exprimaient une profonde terreur.

Disparu.

Le garçon avait disparu.

À mesure que la rage laissait place au découragement, sa peau vira au gris puis se flétrit.

Il se roula en boule puis cacha sa tête entre ses larges pattes, comme s'il se refusait à utiliser ses pouvoirs divinatoires et connaître le sort qui lui était réservé.

Un être doué de compassion aurait pu prendre en pitié cette grosse bête couturée de cicatrices gisant sur un lit de flammes jaillies de ses entrailles.

— Encore une chance qui s'envole, gémit-il. Est-il possible d'échapper à l'extinction ? Sommes-nous condamnés à accepter ce sort fatal ?

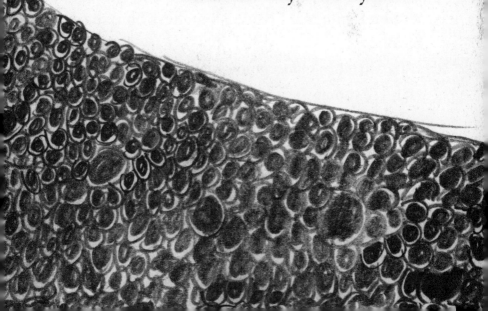

Tourmente, le grand dragon de mer, se posa à ses côtés.

— C'est un jour de gloire, Furax ! lança-t-il sur un ton joyeux. La prison du Cœur noir est tombée !

La journée s'achevait en effet sur une immense victoire. Les Vikings avaient été terrassés et contraints à faire place nette.

Seule ombre au tableau, tous avaient survécu à l'assaut de la Rébellion.

Car les humains s'étaient battus vaillamment, exploitant jusqu'à leur extrême limite leurs talents de combattants. Ce n'est qu'à ce prix qu'ils étaient parvenus à quitter la baie à bord de drakkars aux voiles enflammées et aux coques criblées de brèches, sous la menace constante des dragons lancés à leur poursuite.

La Compagnie de la Marque du Dragon atteignit tant bien que mal l'île des Bouchers bourrus du Bayou.

La Sorcière et ses guerriers se rassemblèrent en terre mochetrogoth, à l'est de l'Archipel.

Mais les reptiles avaient pris la prison du Cœur noir.

Aussi Tourmente fut-il surpris de trouver Furax dans un tel état de prostration et de désespoir.

— Qu'est-ce qui ne va pas ? Ne vois-tu pas que notre jour de gloire est arrivé ?

— Tu ne comprends pas, mugit Furax. Harold s'est échappé.

— Ce n'est qu'un jeune humain, dit Tourmente. Tout petit, tout rose, dépourvu de serres, de crocs et de glandes à feu... Pourquoi lui accorder tant d'importance ?

— Harold n'est pas un garçon ordinaire, répliqua Furax.

Sur ces mots, il se redressa lentement, tel le phénix renaissant de ses cendres.

Ses écailles bleuirent imperceptiblement.

— Il ne doit pas atteindre l'âge adulte. Il ne doit pas gagner l'île d'À-Demain. J'ai péché par naïveté... Je n'aurais jamais dû charger l'un de mes subordonnés de l'éliminer. Désormais, je me chargerai personnellement de son cas... Je le débusquerai, où qu'il se terre. Je mettrai le monde entier à feu et à sang si nécessaire. Il ne sera en sécurité nulle part.

Un frisson secoua son corps titanesque.

Ses yeux se mirent à cracher des braises et des fumeroles.

Enfin, il pencha la tête en arrière puis souffla une colonne de feu, tel un volcan en éruption.

— CE GARÇON N'ATTEINDRA JAMAIS L'ÎLE D'À-DEMAIN! J'en fais aujourd'hui le serment sacré!

31. Un monde meilleur

Quelque part, non loin de là (je ne peux pas apporter plus de précisions, cher lecteur, car il s'agit d'un lieu tenu secret, et que j'entends bien qu'il le reste), le Vole-au-vent était étendu devant l'entrée d'une grotte dissimulée par les ronces.

Il n'en avait pas bougé depuis près de trois jours. Il était plus décati que jamais. Ses écailles étaient trempées, ses oreilles tombantes et ses épines dorsales toutes ramollies. Il venait d'entendre le hurlement lointain de Furax et estimait qu'il n'annonçait rien de bon.

Soudain, ses naseaux se dilatèrent. Il leva la tête et huma l'air nocturne.

Un nuage se forma devant ses yeux. Ses oreilles se dressèrent. Et les tiennes auraient sans doute fait de même, cher lecteur, si tu avais vu apparaître devant toi l'Ombre de la mort, un bestiau blindé plein de têtes, de serres et de crocs.

— Ne t'inquiète pas, ce n'est que nous ! lança Harold, juché sur le dos de l'animal.

Tout joyeux, le Vole-au-vent bondit sur ses pattes afin d'accueillir dignement ses amis. Le grand dragon décrivit plusieurs cercles puis se posa devant l'entrée de la caverne.

Un peu plus tard, chacun se tassa comme il put dans l'étroite cachette. (Car il convient de préciser que l'Ombre de la mort, si elle savait se faire discrète, occupait une place considérable.)

Le Vole-au-vent avait mis à profit les trois jours passés seul pour pêcher de quoi nourrir ses compagnons à leur retour, si bien qu'ils purent faire bombance et échanger mille

anecdotes concernant les événements auxquels ils venaient de prendre part.

— Parfaitement, T-t-t-ornade, chanta joyeusement Krokmou. Et Denturo et moi, nous nous sommes évad-d-dés des filets. Ah, tu aurais dû nous voir cracher le feu ! Pfiou ! Pfiou ! Pfiou !

Tandis qu'il se faisait mousser, Tornade en profita pour dévorer la moitié de son maquereau.

— Qu'est-ce qu'il ne faut pas entendre... soupira La Denture.

Les dix compagnons avalèrent autant de poissons que leur estomac pouvait en contenir. Soulagés d'avoir survécu à cette journée pour le moins mouvementée, ils étaient littéralement ivres de joie, et s'abandonnaient à d'interminables fous rires, pour un oui ou pour un non.

En ce temps de guerre et de périls mortels, convenons qu'ils avaient bien le droit de se détendre un peu.

Harold fut l'un des derniers à s'endormir.

Au beau milieu de la nuit, le fracas lointain de la dernière tour de la prison s'effondrant sur elle-même le tira brutalement du sommeil.

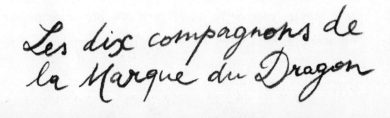

Les dix compagnons de la Marque du Dragon

Aussitôt, malgré la joie et la chaleur partagées avec ses amis au cours de la soirée, il sentit son sang se glacer et son cœur s'emballer.

La Denture ouvrit un œil, comme s'il avait lu dans les pensées de notre héros. Il s'empressa de le réconforter.

— Tu dois rester confiant, dit-il. Ne t'avais-je pas dit que ta quête n'avait rien d'insurmontable ? Tu vois à présent ce que l'on peut accomplir lorsqu'on s'investit corps et âme dans une mission ? Tu as retrouvé ton ami... Tu as déniché la Pierre-Dragon, même si... hum... même si elle se trouve pour l'heure en possession d'Alvin. Mais je suis convaincu qu'elle te reviendra...

(À mon humble avis, le vieux dragon était peut-être un peu moins convaincu qu'il ne le prétendait.)

— Et tu n'es plus seul, désormais. Regarde, cette grotte est pleine à craquer ! Et tu as retrouvé tes amis humains. Voilà qui doit te réchauffer le cœur.

Il tendit une serre en direction de Findus et Kamikazi.

— Et je ne parle même pas de tous les partisans que ta mère a rassemblés, ces fiers guerriers unis par la Marque du Dragon. Quelle femme exemplaire ! Quoi qu'il en soit, je te parie que le reste de ta quête sera une partie de plaisir. Maintenant que toutes les reliques ont été trouvées, il ne reste plus qu'à rejoindre l'île d'À-Demain, à te faire couronner à la place d'Alvin le Sournois, à percer le secret du joyau et à l'utiliser pour persuader Furax de mettre un terme aux hostilités... Tu me suis ? C'est du tout cuit, mon garçon, tu peux me croire.

Harold, qui commençait mine de rien à avoir un peu d'expérience, afficha une moue dubitative.

— Tu as omis quelques détails importants, dit-il. Quelque chose me dit que Furax ne va pas être facile à convaincre. Et je n'ai qu'une relique. Alvin, lui, en possède neuf, de quoi impressionner les habitants d'À-Demain et les convaincre qu'il est l'élu destiné à ceindre la couronne de l'Ouest sauvage. De plus, il possède la Pierre-Dragon, et compte tenu de sa personnalité fort antipathique, je parie qu'il n'hésitera pas à l'utiliser pour détruire les dragons à la première occasion.

— Non, Alvin ne se servira pas de la Pierre à ces fins, dit La Denture. Enfin, pas tout de suite. Il devra la présenter sur l'île d'À-Demain s'il espère être couronné. Et seul un roi peut connaître le secret de la relique. Il n'y a strictement rien à craindre de ce côté-là... pour le moment.

Malgré cette analyse positive, Harold, étendu sur son lit de paille, restait glacé d'effroi.

Il regarda La Denture droit dans les yeux et déclara :

— Ça ne t'inquiète pas, toi, que je n'aie possédé la Pierre-Dragon que quelques minutes avant qu'Alvin le Sournois ne s'en empare?

La Denture resta muet.

— J'ai tourné et retourné ce problème dans ma tête, poursivit Harold. Te souviens-tu de la dernière fois qu'un humain a mis la main sur cette Pierre? Je veux parler de Harold Ier, bien sûr. Tu lui avais fait confiance, mais le joyau a fini par revenir à Barbe-Sale le Grave. Et si l'histoire était destinée à se répéter? Je dois reconnaître que je suis plutôt doué pour trouver les reliques, mais Alvin le Sournois a le chic pour s'en emparer... Peut-être ne devrais-tu pas te fier à moi, mon ami. Et si Furax avait raison? Il m'a dit que j'étais destiné à précipiter les dragons dans le néant...

Horrifié, Harold enfouit sa tête entre ses mains.

— Cette pensée m'est insupportable. Et si Alvin arrive à ses fins, je me serai involontairement rendu complice de ses crimes.

Il disait vrai. Ne pourrait-il plus jamais éprouver l'ivresse de l'altitude, voir défiler sous ses yeux émerveillés les îles verdoyantes de l'Archipel? Il lui était insupportable d'imaginer un monde sans dragons, sans chevauchées aériennes, sans ces moments d'extase passés à planer de nuage en nuage sur le dos du Vole-au-vent. D'imaginer un monde sans Krokmou, perché sur son bras, ouvrant ses grands yeux verts et innocents, *p-p-promettant* d'être obéissant, croix de bois, croix de fer, avant de prendre son envol et de faire précisément ce qui lui passe par la tête.

Non, c'était impossible à concevoir.

Et tout ceci arriverait par sa faute ?

Non, non, trois fois non. Jamais, jamais, jamais.

Mais comment lutter contre le destin, quand les choses persistaient à aller de travers, alors qu'il était animé des meilleures intentions ?

— Balivernes et billevesées, répliqua La Denture. Tu es jeune. Laisse ces soucis aux vieilles créatures dans mon genre. Je te renouvelle ma confiance, Harold. De plus, n'oublie pas qu'Alvin le Sournois ne possède pas TOUTES les reliques royales... Tu conserves toujours l'une d'elles, sur laquelle tu as toujours pu te reposer.

Il pointa une aile en direction de Krokmou.

Le petit dragon dormait profondément, roulé en boule sur le ventre de son maître, tiède, confiant et pesant, bien vivant, ronflant et crachant des ronds de fumée par les naseaux. Aussi fit-il sursauter Harold et La Denture lorsqu'il marmonna dans son sommeil :

— Oui, je suis une relique perdue... et la plus importante de toutes... Merci madame... Pardonnez-moi... Je dois surveiller mes manières...

Harold et La Denture éclatèrent de rire.

Quelques minutes plus tard, notre héros parvint enfin à s'endormir.

Mais le vieux dragon, lui, garda les yeux grands ouverts.

Il se dressa sur ses pattes, trottina jusqu'à l'entrée de la grotte et scruta le ciel étoilé.

— Je dois avouer, dit La Denture, que je ne suis pas tout à fait rassuré. Que puis-je faire pour prévenir la catastrophe ? Ai-je raison de faire confiance à ce garçon ?

Pas plus que Harold, il ne pouvait imaginer le monde auquel aspirait Alvin le Sournois. Tout autour de lui, le monde grouillait de dragons, de toutes formes et de toutes tailles. Des grands, aussi imposants que des baleines bleues, glissant dans les abysses. Des minuscules, dont la multitude bondissait parmi les fougères. Forêts, lacs, mers et montagnes explosaient, *débordaient* de vie reptilienne.

La nature était si généreuse, la faune si diverse... Un seul homme, aussi mauvaise que soit sa nature, pouvait-il bouleverser l'ordre des choses ?

Les étoiles clignèrent silencieusement dans le ciel immense.

— Je suis peut-être un vieux dragon insensé et idéaliste qui n'apprend jamais rien de ses erreurs, mais je n'ai plus guère le choix. Je dois m'accrocher à l'idée qu'humains et dragons sont capables de vivre ensemble. Je dois me convaincre que rien n'est impossible. Je dois garder confiance en ce garçon et croire en un monde meilleur…

Je dois garder confiance en ce garçon et croire en un monde meilleur…

Épilogue, par Harold Horrib'Haddock, troisième du nom

La nuit dernière, je n'ai pas très bien dormi. Je suis un vieil homme, désormais, mais mes rêves, comme souvent, m'ont emporté au temps de mon enfance. Je planais furtivement au-dessus des Champs d'ambre, semblable à l'Ombre de la mort, et suivais des traces dans le sable écarlate.

Je crus d'abord qu'il s'agissait d'empreintes laissées par le monstre.

Puis je réalisai qu'il s'agissait de mes propres traces de pas. Ou du moins, de celles du garçon que j'étais alors.

Puis je le vis, silhouette dépenaillée courbée par la fatigue. Soudain, un vent violent se leva, exhumant les reliques d'un passé révolu – les maisons du village de son enfance, les squelettes du Cimetière des dragons –, échos d'un monde balayé par la guerre qu'Harold avait déclenchée.

Mais il marchait droit devant lui, vers l'île d'À-Demain.

Qu'avait dit sa mère, déjà ?

« Ne te juge pas trop sévèrement si, au bout du compte, les choses ne tournent pas comme nous le souhaitons. »

Étant bien placé pour savoir ce qui attendait le garçon sur cette maudite île, je hurlai :

— Halte ! Arrête-toi ! Ne fais pas un pas de plus !

Mais bien sûr, le jeune Harold continua à marcher droit devant lui.

— STOP ! insistai-je.

Comment aurait-il pu m'entendre, alors que le vent rugissait à ses oreilles ?

Peu importe, il était déjà trop tard pour faire demi-tour. Trop tard pour regretter mon village hooligan, ce cher souvenir du passé.

Et s'il m'avait entendu, aurait-il interrompu sa quête ?

Au fond, voulais-je vraiment voir se figer les rouages du Bidule-qui-fait-tic-tac, que Harold cesse de grandir ou devienne un autre que celui que je suis devenu ?

Tout était arrivé par sa… pardon, par *ma* faute, mais si Harold avait agi différemment, les esclaves seraient demeurés prisonniers des Champs d'ambre, Hildegarde n'aurait pas retrouvé les bras de sa chère maman, le dragon

Furax n'aurait jamais brisé ses chaînes, sur l'île de Touchefil. Le monde barbare aurait fait un grand bond en arrière vers un âge de ténèbres dominé par les esclavagistes, les tyrans, les sorcières et les monstres sans âme.

Car vois-tu, Harold n'était pas le seul à vivre une crise de croissance. Comme lui, notre Archipel avançait vers l'âge adulte, et cet épisode s'accompagnait de fièvres et de douleurs.

Mais cette évolution valait-elle une guerre aussi destructrice ?

Je ne sais pas trop. À toi de voir, cher lecteur.

Quoi qu'il en soit, Harold, se refusant à devenir un autre que lui-même, ne fit pas demi-tour. À chaque seconde un peu plus âgé, il progressait vers À-Demain.

Vers demain.

Vers le vieil homme que je suis aujourd'hui.

Au fond, à bien y réfléchir, le chapitre de ma vie que je viens de retracer est l'histoire de trois mères : Valhallarama, Maman-Ours et Harpie.

Il démontre qu'une mère veille toujours sur son enfant, même lorsque le devoir, l'esclavage ou un destin plus cruel encore l'en sépare. Elle reste à ses côtés et se soucie de son avenir. Elle plane quelque part, invisible et bienveillante, comme l'Ombre de la mort.

Elle pense à lui, le chérit et le retrouve en rêve.

Certes, Harpie ne pouvait plus étreindre son fils. Mais elle gardait une main posée contre la sienne, sur la paroi de verre qui sépare notre monde de l'au-delà. Elle le suppliait de rester en vie, d'aller de l'avant, de rire et d'aimer. Elle lui avait insufflé son goût de vivre, était restée présente à ses côtés et avait pu lui dire à quel point elle l'aimait.

Les yeux de Harpie s'étaient jadis reflétés dans ceux de l'Ombre de la mort.

Et ce reflet, sans doute, n'avait jamais tout à fait disparu.

Sans le savoir, c'est cette chaleur que retrouvait Findus dans le regard du grand dragon à trois têtes. C'est la tendresse de sa mère qui l'inondait quand la bête se pressait affectueusement contre lui.

Décidément, le passé ne nous laisse jamais tranquille.

Quant à moi, maintenant que je suis vieux, très vieux, je plane en rêve au-dessus de celui que j'étais autrefois comme une défunte mère, et je m'inquiète pour son sort.

Car je sais ce qui l'attend, et voudrais le protéger des souffrances qu'il va endurer.

Mais la vie est faite de joies et de chagrins.

Alors, j'oublie mes peurs et n'entreprends rien pour freiner sa marche vers l'avenir.

Poursuis ton chemin, Harold !

Arme-toi de courage !

Marche, mon garçon, marche.

Car le destin t'attend sur l'île d'À-Demain…

« LE GARÇON N'ATTEINDRA JAMAIS L'ÎLE D'À-DEMAIN ! »

Oh mazette, les choses ne se sont guère améliorées au cours de cet épisode.

Le dragon Furax lui-même a juré la perte de Harold…

Quel chemin empruntera Rustik le Morveux ? Suivra-t-il la Sorcière ou se rangera-t-il dans le camp de Valhallarama ?

Harold et ses compagnons ont-ils encore une chance de contrer les sombres desseins d'Alvin, maintenant qu'il possède NEUF reliques royales ?

Pour commencer, il leur faudra rejoindre l'île d'À-Demain pour la CONFRONTATION FINALE…

Harold peut-il encore sauver les dragons de l'extinction ?

C'est ce que nous découvrirons dans le prochain et dernier épisode de ses aventures…

Pour tout connaître
de la vie de Harold…

HAROLD ET LES DRAGONS

**Comment
faire bouillir
un Dragon**

Traduit du vieux norrois par
CRESSIDA COWELL

HAROLD ET LES DRAGONS

**Comment lutter
contre un dragon
cinglé**

HAROLD ET LES DRAGONS

**Comment
briser le cœur
d'un
dragon**

Traduit du vieux norrois par
CRESSIDA COWELL

HAROLD
et les
DRAGONS

Comment dérober
l'épée d'un Dragon

CRESSIDA COWELL

Et pour tout connaître de l'Archipel barbare...

Guide des dragons tueurs

Par Harold Horrib'Haddock III
Traduit du vieux norrois par Cressida Cowell

Ah, les anniversaires...
un jour joyeux qu'on attend
avec impatience, n'est-ce pas,
Harold ?
Mais quand on vit sur l'île de
Beurk, au milieu des Hooligans
Hirsutes et encerclé par les
DRAGONS TUEURS,
les journées sont rarement
tranquilles, anniversaire
ou pas...

Contient :
Un authentique dictionnaire de dragonnais !
Une carte dépliante de l'Archipel barbare !
Les fiches complètes des dragons tueurs !

Harold en format poche

À PROPOS DE L'AUTEUR

Harold Horrib'Haddock, troisième
du nom, fut le plus grand guerrier
que le monde viking ait jamais
connu, un escrimeur de génie qui,
dit-on, savait chuchoter à l'oreille
des dragons. Mais ses mémoires
nous ramènent au temps de son
enfance, une époque moins connue
de son existence, où il éprouvait les
plus vives difficultés à devenir un héros…

Harold
et Krokmou

À PROPOS
DE LA TRADUCTRICE

Cressida Cowell vit à Londres
avec son mari Simon, ses filles
Maisie et Clémentine, et ses
chats Lily et Baloo. Outre
sa traduction des mémoires
de Harold, elle a aussi écrit
et illustré de nombreux
albums pour la jeunesse.

Cressida Cowell
et Lily et Baloo